見届けよ
この虐殺を。
MeiousamaGaTooruNodesuyo
JN086851

冥王様が通るのですよ!
Meiousama Ga Tooru No desuyo
木口なん
ill Genyaky

冥王様が通るのですよ！ 2

Meiousama Ga Tooru Nodesuyo

木口なん

TOブックス

目次

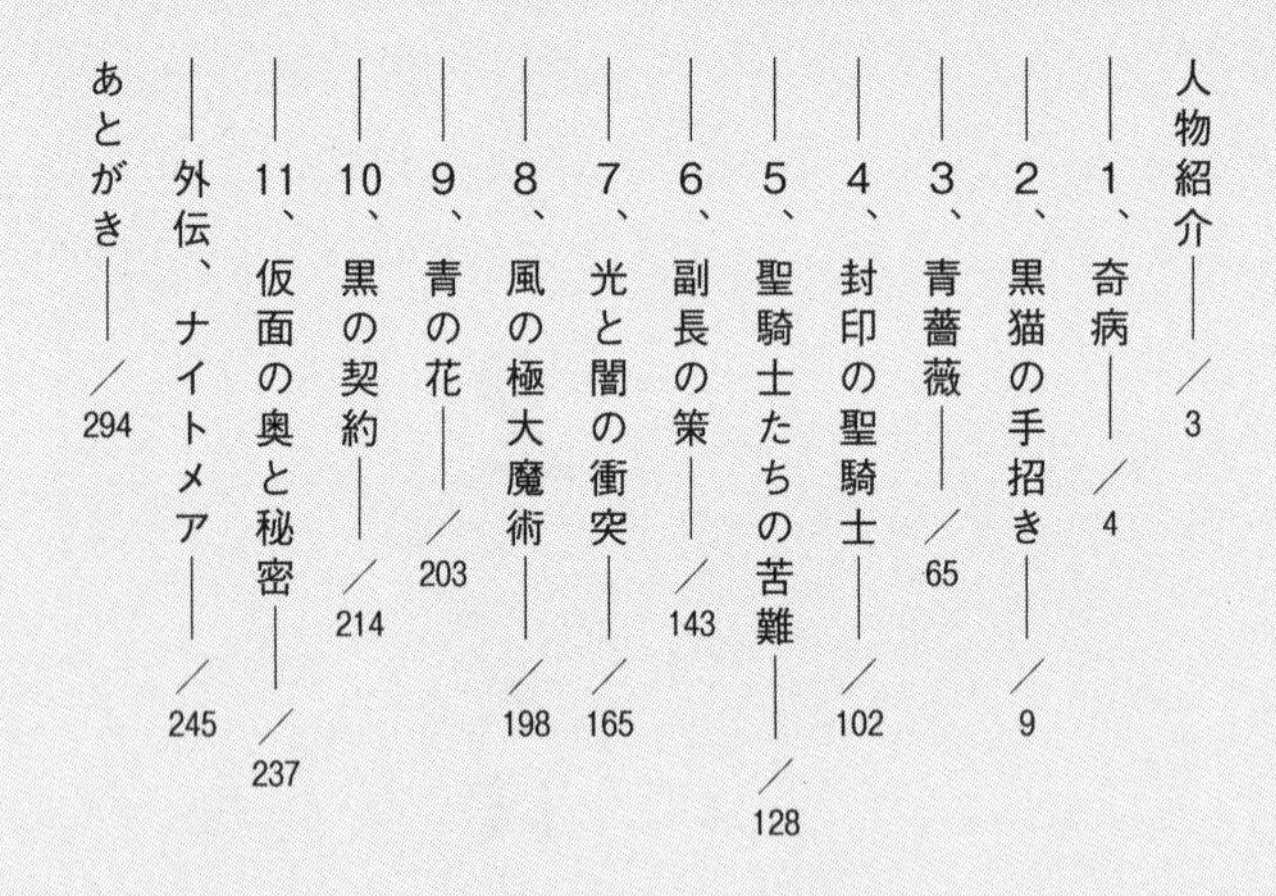

イラスト　Genyaky
デザイン　舘山一大

Meiousama Ga Tooru No desuyo

人物紹介

シュウ・アークライト ――

気づくとゴーストとして異世界に転生した青年。病弱な生前に果たせなかった思いに加え、初めて感じた魔力に大興奮し「実験」を始めることに。モンスターも人も問答無用で殺戮、魔力を吸収することで魔術を解き明かしていく。そんなある日森の中で、魔装士のアイリスと出会い、彼女へ魔術を教えがてらだんだん同じ時間を過ごすようなっていく。道すがらラムザ王国の王都を滅ぼし、気づけば「冥王」と呼ばれるようになった。

アイリス ――

魔装士の落ちこぼれ娘。可愛らしい見た目でちょっと抜けている呑気な性格。同級生の中でもトップクラスの魔力を持ち、どんな攻撃を受けても死なないが、全く使いこなせていない。森の中で迷子になっていたところをシュウに発見され、彼に魔術の教えを乞うことになる。

―1、奇病―

豪華な屋敷の一室で、白い肌の少女が横になっていた。まだ昼間であるにもかかわらず、彼女は退屈そうにしてベッドに潜り込むだけである。たまに寝返りを打つぐらいだった。

不意にドアがノックされる。

分厚い扉にかけられた鍵が開かれ、豊かな髭（ひげ）の男が入ってきた。

「気分はどうだシエル？　落ち着いたか？」

「お父様……」

「また血を吐いて倒れたと聞いた。心配で駆け付けたが、少し安心したよ」

「だったら外に出たいわ。みんなと同じようにお買い物したり、遊んだりしたい。もう私は元気よ」

「それはダメだ！」

髭の男、フラクティスは強い口調で叫んだ。

ビクリと震えたシエルは口を閉ざして表情に影を落とす。それを見たフラクティスは我に返り、申し訳なさそうに謝る。

「すまない。苦しいのはお前だというのに……お前を強い子に産んでやれなくてすまない」

シエルは奇病にかかっていた。

普段は問題ないのだが、突如(とつじょ)として体のどこかに不調が生じる。頭痛で済むこともあれば、多臓器不全を起こして死にかけることもある。幸いにもフラクティスは豪商であり、金持ちだった。その財産を使って常に数人の医者を雇い、いつ何が起こっても対応できるようにしていた。更(さら)には陽魔術の使い手も雇っているので、滅多(めった)なことでは死なない。

だが、いつ発作が起こるか分からないのでシエルには自由がなかった。五年もベッドに縛り付けられる生活は、まだ十八歳の少女には厳しかった。十三歳で発病して以来、シエルは笑顔を見せなくなった。

「お父様。私、他の人が羨ましいの」

「シエル……」

「外で遊べる人が羨ましい。薬で治療できる人が羨ましい。魔術や魔装で治療できる人が羨ましい。私、嫉妬で狂ってしまいそうよ」

「必ず治してみせる。どれだけ金がかかろうと、犠牲を払おうと、治す方法を見つける。だから希望を捨てないでおくれ」

薬、魔術、魔装。

フラクティスはあらゆる手段を用意するつもりだった。豪商としての伝(つて)を使い、全世界から情報も集めている。シエルと同じ病状を探したり、病を治せる魔術師を探したり、時には神話に登場する伝説の薬草を真面目に探したりもした。

また彼女を治そうとするだけでなく、退屈しないように様々なものを与えた。綺麗なドレス、美味な食事、人気の小説、あるいは美しい花。だが、表面上は喜んでも本当の意味でシエルが笑うことはなかった。

「必ず治してみせる。今は耐え忍んでくれ」

娘のベッドへと近づき、右手を頭に乗せた。そして優しく撫でる。

フラクティスにとって唯一の子供であり、最愛の娘。絶対に失うわけにはいかない。病気で失った妻と同じようにするつもりはなかった。

それにシエルとてもう十八歳だ。分別の付く年齢になっている。

本心から世界を呪い、嫉妬に狂っていたとしても、やはり本心では父の心を理解していた。

「はい。お父様」

「ああ、待っていてくれ」

フラクティスはシエルを抱きしめる。

最も愛する娘をその両腕から取りこぼさぬようにと思いを込めて。

だが、シエルの容体は再び急変した。

「っ！　ごほっ!?」

「シエル」

「ごほっ……うぶ……」

シエルの息が荒くなり、大量の血を吐いた。

慌てたフラクティスは血で汚れた自身の服を気に留めずに叫んだ。

「早く治療を！」

医者と魔術師は常に隣の部屋に控えている。声一つで呼ぶことが可能だ。すぐに彼らは現われ、シエルの治療を始めた。

役立たずのフラクティスは遠ざけられ、治療の様子を眺めるだけである。

まずは魔術師が陽魔術で癒し、吐血を止めようとした。

「だめだ。身体が壊れ続けている……治癒が追いつかん！」

「体温も上がり続けていますね。それに魔力が増大している。どういうことでしょう」

「何？　確かに魔力が増大している……乱れる魔力に治癒魔術がかき消されるぞ。不味い！」

これまでのように治療を行うが、上手くいかない。今回の発作は今までのものとは桁が違う酷さだった。手の尽くしようがないとまでは言わずとも、危険な状態に変わりはない。

何よりも問題なのは、シエルから放出される莫大な魔力だった。

普通、魔力は食事や睡眠によって回復する。しかし今のシエルは無制限に魔力を生み出し、それを放出しているのだ。魔術師ならば、この現象が何を示すのか分からないはずがない。

「このままでは命の危険がある。恐らくは生命力を魔力にしているぞ」

「魔術でどうにかなりませんか？」

「無系統の魔術で多少なら対策できるかもしれんが……やってみよう」

魔力感知を行えば、シエルの周囲に恐ろしいほどの魔力が集まっていると分かる。それほどの魔力を外部から制御するなど、不可能に近い。大岩を素手で動かすようなものだ。それでも、魔術師は試した。

勿論、無駄だったが。

「あ、あ……ふぅぅ。ぐ……」

「落ち着いて呼吸をしてください。慌てると呼吸が止まります」

「なんて魔力だ……まるで歯が立たない！　耐えてくださいよお嬢さん！」

「はぁ、はぁ……あああっ！」

シエルは呻くばかりだ。

そしていつの間にか、彼女を青い光が覆っていた。光は強くなり続け、同時に魔力も強くなる。魔力そのものが空間を満たし、青い花びらのようなものが舞っていた。

もはや手の施しようがない。

何故なら、何が起こっているのか理解できないからだ。フラクティスも茫然としながら娘の様子を見守っていた。

「ああっ！　ああああああああああああっ⁉」

そして最後に絶叫する。

シエルの声は青い魔力と共に震え、屋敷すら揺らした。激しい衝撃波が彼女を中心として放たれ、医者も魔術師も吹き飛ばされる。勿論、フラクティスも壁に叩きつけられていた。

背中を強打したフラクティスは一瞬だけ呼吸が止まり、目の前が真っ暗になる。

「シエ……ル……っ！」

気力だけで身体を動かし、凄まじい魔力を感じる場所に目を向ける。フラクティスは魔術師でも魔装士でもないので、魔力を感じる術を持たない。しかし、素人の彼が感じ取れるほどにシエルの魔力は濃かったのだ。

フラクティスが見たのは確かに娘だった。

だが、髪と瞳は青く染まり、左肩からは花びらのような青い翅（はね）があった。

―2、黒猫の手招き―

国家事業によって整備された街道を歩く二人組、シュウとアイリスはひたすら西を目指していた。旅にしては軽装備だが、ちょっとした街の移動と考えるなら不自然ではない。教会から指名手配されている二人も、特に咎（とが）められることなく順調な旅を続けていた。

シュウが滅亡させたラムザ王国王都を離れておよそ一か月。

二人は深刻な問題に直面していた。

「金がないのは問題だな」

「ですねー。各地の村で労働を対価に食料を分けて貰っていますけど」

「大きな街では通用しない方法だ」

魔物であるシュウには必要のない食料も、アイリスには必要だ。不老不死の魔装を持つアイリスは、餓死することもない。しかし、魔装を運用する魔力は回復しない。人間が魔力を回復するためには、よく食べて良く寝なければならない。結局、アイリスのために食料がいるのだ。

小さな農村で作業を手伝えば、幾らかの食料を分けて貰える。ここ一か月はそうして過ごしてきたが、色々と限界だった。

「何か職でもあるといいんだがな」

「行商でもしてみます？」

「素人が何も知らずにやっても損するだけだ。そろそろエリーゼ共和国の首都に着く。これまでは大都市を通り過ぎてきたが、立ち寄っておきたい。流石に旅の備えがいるからな」

これまでは教会の追跡から逃れるためにも大都市は避けてきた。しかし、本格的な旅の準備をするには大都市を利用するしかない。幸いにもシュウとアイリスの顔は教会にも知られていないのだ。二人の顔がバレているラムザ王国王都とイルダナは、シュウが既に滅ぼした。ラムザ王国から離れさえすれば、シュウとアイリスの情報も正確さに欠ける。エリーゼ共和国の首都アルタならば、入っても問題ないだろう。

ガチャガチャ、パカパカと音を立てて幾つかの馬車が通り過ぎる。

「街も近いな」

「聞いた話では、向こうに見える森を抜けたところにアルタがあるそうですよ！」

「今の馬車もアルタから来た行商人の馬車か」

「ですねー」

教会は国軍と聖騎士以外の魔装士を認めない。そのため、商人は魔物の脅威に怯えながら街を移動しなければならない。魔術師の個人所有は認められているが、魔装士に比べれば大した力はない。

ヒュンと風を切る音がして、シュウとアイリスは一瞬だけ影に隠れる。

「今のは魔物か」

「大きかったですね。飛竜系なのですよ」

「俺たちには興味も示さなかった……いや、俺の魔力に怯えたのか」

「んー。あれは毒飛竜ですねー」

シュウは魔力を隠しているが、同じ魔物ならばその脅威を理解できるだろう。『王』へと至った最強種を見抜けぬ魔物などいない。よほど知能の低い、鈍い魔物ならば無理かもしれないが。少なくとも飛竜系の魔物はシュウの力を感知できる程度には知能が高い。

そして知能が高いということは、分相応な獲物を狙うことができるということ。

つまり、シュウとアイリスの上を通り過ぎた毒飛竜は、先程の行商人の馬車を狙っているのだ。

「気の毒に。終わったな」

「シュウさん」

「どうしたアイリス」

「助けるのですよ！」

「はっ？」

見れば毒飛竜は毒々しい赤紫の炎を吐いていた。それは馬車の進む先へと着弾し、驚いた馬が暴れ始める。慣性力によって止まらない馬車が馬に激突し、全て横転する。中に載せられていた荷物と共に、乗っていた人間も零(こぼ)れ落ちた。大事故である。

馬車は合計で五台。

そして人間は見える限りだと十六人。

魔物からすれば良い餌だろう。

「雷撃砲(サンダー・ショット)なのですよ！」

アイリスは風の第三階梯(てい)魔術を連射する。展開された魔術陣から大量の雷撃が伸び、毒飛竜へと直撃した。今まさに人間を喰(く)らおうとしていた毒飛竜は、不意打ちの雷撃で墜落する。

ちなみに毒飛竜は中位級(ミドル)であり、元聖騎士のアイリスからすれば敵ではない。

「トドメなのです！　五重展開」

魔術の並列発動という高難度技術を披露し、アイリスはトドメの一撃を用意した。墜落してピクピクと震える毒飛竜の上に、五つの魔術陣が展開される。

それは電撃を放つ魔術、雷撃砲。

攻撃範囲はそこそこだが威力の低い中位魔術に属する雷撃砲も、五つほど重ねれば大威力となる。

これもアイリスの成長だ。

五重魔術陣から毒飛竜へ。

上から下へと白い雷光が走る。空気を叩く轟音(ごうおん)が響き渡り、同時に焦(こ)げ臭い臭いも広がった。

「これで倒したのですよ！」

「全く……目立つような真似を……」

「冥王と魔女が人助けなんかするはずないのです。だから大丈夫なのですよ！」

「それもそうか」

「じゃあ、お手伝いに行くのです」

死んだ毒飛竜は魔力を霧散させ、消えつつある。しかし放たれた赤紫の炎はまだ消えておらず、馬車も横転したままだ。手助けが必要だろう。

(情けは人の為ならず。何かお礼が貰えるかもな)

シュウもそんな期待をしつつ、アイリスと共に歩み寄っていった。

とある屋敷にて、青髪の美少女が数枚の紙を片手にソファで寛いでいた。彼女の両脇と背後には屈強な男女が控えており、足元には小汚い男が五人ほど膝を突いていた。その五人は緊張した様子であり、青髪の美少女の言葉を待っている。

「うん。いいわ。この情報なら充分ね」

それを聞いて五人はホッとした。

代表としてその内の一人が口を開く。

「これで俺たちも……俺たちにも力をくれるんだよな。シエル様よ」

「ええ。今日から青薔薇(あおばら)の一員よ」

そう告げた青髪の美少女シエルは、左手を五人の男たちに伸ばした。同時にシエルの左肩から花びらのような青い翅が生じる。そして彼女自身も美しく青いオーラに覆われた。

「力をあげましょう」

左手から五つの青い光が流出し、五人の男へとそれぞれ入る。

その途端、男たちは苦しみ始めた。

「うぅっ！　ぐあああああっ！」

「体が！　熱い！　熱いいいいいいっ⁉」

「ふぅっ……ぐ……」

「ぐあああああああ⁉　ぐおおおおおおっ！」

「なんだこれはっ！　こんなの聞いて……」

絨毯(じゅうたん)の上で転げまわる男たちは、苦しみながらシエルを見上げる。するとシエルは、妖艶(ようえん)で残酷(ざんこく)な笑みを浮かべていた。

騙(だま)された、という感情が彼らの中で反響する。

一方のシエルは、男たちが持ってきた二枚の紙を読み直していた。

(ラムザ王国王都を滅ぼした冥王(めいおう)、そして魔女ね……)

五人の男たちは、ラムザ王国で活動していた裏社会の人間。王都滅亡に伴(ともな)って組織も空中分解し、それぞれが隣国へと流れた。この男たちも同様であった。

情報を提供することと引替えに、別の組織へと鞍替えする。裏社会ではよくあることだ。更にはシエルから力を貰い受ける契約となっていた。

「俺たちを、騙……」

「騙した、と言いたいのかしら？　それは早計な判断よ」

「な、に……？」

シエルがそう言った途端、男たちは自分たちの体から痛みが抜けていくのを感じた。そして痛みは快感のような何かに変わり、身体の奥へと蓄積されていく。男たちはそれが魔力であると理解した。

「それが力よ。今後は青薔薇のために……私のために働くの。いいわよね？」

青い翅とオーラは消失する。

シエルは深い青の瞳を向けつつ、微笑んだ。

◆◆◆

事実上崩壊したラムザ王国の北西部には、エリーゼ共和国と呼ばれる国がある。この国も神聖グリニアの属国であり、魔神教を国教とする共和制の国だ。

各都市で選挙によって選ばれた議員が国を取り仕切り、固有の軍隊は持たず、魔物への戦力は教会の聖騎士に委ねている。その代わりに警察組織が存在しており、定期的に見回りをしているので表向きは治安の良い国だった。

ただし、裏では横領（おうりょう）や政治的不正も多く、そういった面で問題を抱えている。議員たちによる派閥争いも激しく、平気で暗殺が行われるような国だった。

そんな国の首都アルタにシュウ・アークライトとアイリス・シルバーブレットは入り込んでいた。

「ここが噂のアルタか」

「観光地として有名なのですよ！　議会堂は庭が開放されていて、そこで食事や遊戯（ゆうぎ）を楽しむ観光客も多いのですよ」

「へぇー」

この国は警察組織による内部の治安維持が発達しており、観光で収入を得ているせいか、街に入ること自体は簡単だった。特に税も取られず、身分証明書の提示も必要ない。城郭（じょうかく）で囲まれた都市としては珍しいと言えた。

道路も舗装されており、街並みも整って美しい。

道行く人々にも笑顔が見られた。

「シュウさんシュウさん見てください！　パンに具材を挟んだ名物料理が売ってあるのですよ！」

「分かった分かった。欲しいなら買ってこい」

「わーい」

「子供かお前は」

実は二十歳のアイリスに呆（あき）れつつ、シュウは彼女を送り出す。

その間にシュウは近くにあったベンチを確保し、そこで座って待つことにした。どうやらこの通りは観光客を相手に商売する店が多く、屋台のようなものも大量に並んでいる。まるでお祭りだった。

道行く人々も多く、通り全体が賑わっている。

まさに都会という表現が相応しい街だ。

（それにしても……金がない）

シュウは楽しそうにしている観光客たちを眺めつつ内心で吐露した。魔物であるシュウは当然ながらお金など所持しておらず、仕事を必要としている。

ちなみに、アイリスがお金を持っているのはアルタへと来る途中で行商人を魔物から助けたからだ。シュウは無視しようとしたのだが、アイリスは助太刀に入り、風魔術で一掃。そのお礼としてお金を貰ったのである。

（俺は食料費が必要ないとしても、アイリスには必要だからな……どうにかして稼がないと。いつでも都合よく魔物に襲われた商人がいるとは思えないし）

せめてアイリスを養えるようにならなければ、男が廃る。成り行きとはいえ、アイリスを助けたのだ。教会から魔女認定されているアイリスを守ることは自分の責務だと考えている。

また、アイリスから好意を向けられていることも理由の一つだ。

人間と魔物という異種族間の恋であることを除いても、何も返せないのは情けない。今のところ、アイリスはやはり手のかかる妹のように思ってしまう。好意を好意で返せないのなら、せめて養えるようになりたいというのが本音だった。

「……それにしても遅いな。食べ物を買うだけに時間かけ過ぎだろ」

ふと考え事を止めたシュウはアイリスの姿を探す。人混みのせいで探しにくいが、魔力感知を使えばアイリスの魔力を探すことができるだろうと思ったのだ。

アイリスは高ランクの魔装士であり多くの魔力を保有している。探知でもすぐに引っかかるだろう。

そう高を括っていた。

「……」

シュウは十秒近くアイリスの魔力を探したところで嫌な予感に囚われる。

まさか、少し離れた程度で……そんなはずはないと思いたかった。

「……あいつ、迷子になりやがった」

完全に忘れていたが、アイリスは方向音痴だ。加えて言えばポンコツだ。アホの子だ。

この短時間で迷子になるとは予想外であり、シュウも慌てる。

(……アイリスの魔力はあっちか)

取りあえず感知を広げて見知った魔力を知覚し、シュウはそちらへと向かう。人が多いせいで中々進まないが、急げば追いつけそうだ。

流石に街中で霊体化することはできないので、今のまま探すしかない。

始原魔霊(アルファ・スピリット)に進化しても、こんな時には役に立たなかった。

「見つけたら説教してやる」

そんなことを呟（つぶや）きつつ、シュウはアイリスの元へと急ぐのだった。

「うーん……困ったのです」

アイリスは買ったばかりのパンを食べつつ、唸（うな）り声を上げていた。

立ち並ぶ屋台に目を引かれて歩く内にシュウを見失い、シュウを探す内に見知らぬ路地に迷い込み、勘で近道しようと裏路地に入ったことで帰り道すら分からなくなった。

典型的なポンコツ迷子である。

（ちょっと治安の悪そうなところに来てしまったのですよー）

エリーゼ共和国の治安が良く、アルタが観光に力を入れていたとしても、輝かしい場所のどこかには影ができ上がる。ここはアルタのスラム街に通じる裏路地であり、滅多に人も訪れない。来る人といえば、裏に通じた人物やチンピラぐらいである。

つまり、可愛らしく、綺麗な服を着て、世間知らずな雰囲気を出すアイリスは格好の餌なのだ。

よってすぐに目を付けられた。

「よぉ、お嬢さん。こんなところでどうしたぁ？」

「ひゃひゃひゃ……旨そうな物を食ってんじゃねーか」

「ここは冒険するような場所じゃねぇぜ？」

「はい？」

背後から声を掛けられ、アイリスは間抜けな声を上げる。振り返ると、ガラの悪そうな男が三人も立っていた。薄汚れたボロボロの服装であり、身体にも汚れが多い。浮浪者と呼ぶに相応しい格好だった。

「中々可愛いじゃねぇか。なぁ？」

「おうよ。いいところに案内してやるぜぇ」

「たっぷり気持ちよくしてやんよ。はははっ」

流石にアイリスも二十歳だ。ポンコツではあるが、状況が分からないほど世間知らずではない。元は聖騎士ということもあり、三人の男たちがどういう目的で近づいているのか予想できた。

「ダメですよー。私がこの身を捧げたいと思っている人は決まっているのです！　それに誘拐は犯罪なのですよ」

「おいおい……つれねぇなぁ」

「誘拐だなんてひでぇよなぁ？　そんな奴よりも楽しませてやるぜ？」

「尤も、拒否権なんてないけどよぉっ！」

「ふはははっ！　それを言っちゃ誘拐じゃねぇか！」

「それもそうだな！　あははははははっ！」

「じゃ、やっちまうぜ！」

男たちはアイリスを逃がすつもりなどない。

その言葉を皮切りに襲いかかってきた。しかし、アイリスは冷静に魔術を発動する。

「衝撃（インパクト）なのです」

『ぎぎゃあっ!?』

不可視の一撃に吹き飛ばされ、男たちは地面を転がる。一瞬で展開された魔術陣を見たことで、男たちはアイリスが魔術を使ったのだと悟った。

しかし、使用されたのは第一階梯。

それほど強い魔術とは言えない。

現に男たちも鈍痛がする程度で、大きな怪我はなかった。精々（せいぜい）が打撲で、どれほど酷くとも骨折には至らない。これによって男たちは激昂（げっこう）する。

「テメェ！　俺たちを怒らせたな？」

「もう叫んだって赦（ゆる）してやらねぇぜ？　まぁ、誠意を見せるんだったら考えなくもないからなぁ」

「おうよ。俺たちにゃぁ闇ギルド、黒猫がバックについてんだ。後悔しても遅いぜぇ？」

「……黒猫？」

アイリスは眉を顰（ひそ）めつつ小さく呟いた。

それは元聖騎士だからこそ知っている有名な闇組織。神聖グリニアとその属国のみならず、西の大帝国でも勢力を伸ばしている大組織だ。いや、大帝国でこそ黒猫は力を伸ばしている。そのこともあり大陸東側では全くといって良いほど実体が知られておらず、証拠を掴（つか）んだと思っても猫のように腕からすり抜けてしまう。

モグリの魔装士も多数所属していると噂されており、教会や国軍以外に魔装士の所属を認めない魔神教は『黒猫』を追っていた。

（こんなチンピラのバックにあの『黒猫』が？）

そんなことを思った一瞬、アイリスは気が逸(そ)れた。

「悪いがこのアホ女は俺のモノなんでな。お前たちにはやらんよ」

「うがっ⁉」

「ぎゃあああああ」

「げふぅっ⁉」

何処からともなくシュウが現れ、一瞬でチンピラたちを無力化したのである。

ここで殺さないあたり、一応は気を使っているのだろう。骨の数本は折れているだろうが。

「あ、シュウさん」

「このアホ」

「あいたーっなのです！」

「速攻で迷子になるな」

手刀(しゅとう)で頭を叩かれたアイリスは、痛む頭部を押さえつつ涙目になる。だが、シュウは容赦なかった。何度も軽く手刀を振り下ろし、説教を続ける。

「お前はなんであの一瞬で迷子になるんだ？　あ？」

「痛い、痛いのですよー！　そんなに叩くと馬鹿になるのです！」

「それは元からだろ」

「酷いのですよーっ!?」

逆襲とばかりにポカポカと殴りながらアイリスは抗議するも、シュウはそれを全て受け流す。

背後で呻いているチンピラ三人衆など完全に放置だ。

「しかもご丁寧に裏路地に迷い込むな。せめて大通りで迷え」

「む……近道しようと思ったのですよ」

「それは典型的な迷子のパターンだっての」

もはやシュウは呆れ顔である。

だが、その顔つきは急に鋭くなった。シュウは右手に魔力を集め、無系統魔術の一種である魔弾を作り出す。それを裏路地の壁に向かって放った。

すると、壁の模様が魔弾を回避する。

正確には、壁の模様と一体化していた何かが回避したのである。

「シュウさん?」

「静かに。何者だ?」

シュウは急いでアイリスを抱き寄せ、未だに壁の模様に擬態している何かへと問いかける。すると、その壁模様は崩れ去り、黒い衣服に身を包んだ仮面の男が姿を現した。仮面は目と鼻だけを隠すタイプであり、口の動きは見えている。

「おやおや。まさか私の擬態が見抜かれるとは……恐ろしい魔力感知ですね」

「風の第二階梯……風防壁（ウィンド・ヴェール）のアレンジってところか。何者だと言っている。早く答えろ」

「警戒しないでください。私はそこに倒れているチンピラに用があるのです」

「そいつらに？」

シュウは首を傾げた。

安っぽいチンピラだと思っていたが、実は凶悪犯だったのではないかと一瞬だけ考える。だが、すぐにそれを否定した。重犯罪者特有の雰囲気がなかったからである。

あまり期待はしていなかったが、シュウは念のために尋ねた。

「ちなみに理由は？」

「ええ、これでも私、闇組織・黒猫の者でしてね」

「黒猫!?　本当なのです!?」

シュウは理由を素直に話そうとした彼に、そしてアイリスは『黒猫』という単語に驚いた。

そして二人の驚く表情が見えたからだろう。

仮面の男は悪戯（いたずら）が成功した子供のような笑みを浮かべる。だがすぐに、倒れて呻くチンピラたちに侮蔑（ぶべつ）の視線を向けつつ語り始めた。

「そこの男たちは黒猫が背後にいると騙（かた）って悪事を行う不届き者でして……制裁しようと機会を窺（うかが）っていたのですよ。それで隠れていたところを貴方に見抜かれてしまったということです」

「へぇ、そうか」

「簡単に見破ってくれた割には淡白ですね。結構自信あったのですが……今度改良しましょう」

シュウは警戒を解かずに返事をする。

闇組織だと名乗っているのだ。警戒を解くなど有り得ない。また、闇組織ということは可能な限り知られたくないはず。それを明かしたということは、何かあるに違いないと確信していたのである。

シュウの警戒に気付いているのか、仮面の男は両手を上げて何もしないという意を示した。

「そんな目を向けないでください。こうして私が身分を明かしたのは理由があってのことです」

「理由ね……」

「ええ、実は貴方を黒猫に勧誘しようと思いまして」

「俺を？」

「はい」

それを聞いたシュウはますます警戒を強めた。闇組織とはいえ、こうも簡単に勧誘されると違和感を覚えてしまう。シュウの腕の中で、アイリスも警戒の目を向けた。

二人の反応を見て、仮面の男は少し慌てる。

「落ち着いてください。先程、チンピラたちを倒した手際、そして私の隠れ蓑(みの)を見破った知覚能力を買っているのですよ」

「へぇ？　俺たちがお前を捕まえて警察に突き出すとは思わなかったのか？」

「その時はその時なので、逃げさせてもらいます。ですが、貴方からは表の人間ではない特有の空気というものが出ているのです。そんな人物が真っ当なことをするとは思いませんので」

「……」

シュウが表の人間ではない。それは確かだ。

裏で生きる人物というほどでもないが、疚(やま)しい部分があるのも事実。男はシュウのそういった雰囲気を見抜いたらしい。とんでもない観察眼だった。

裏社会に通じた者は、同じ世界の者に敏感だ。だが、それは少し足を踏み入れた程度で会得できる感覚ではない。深く、二度と抜け出せないほどに裏社会へと沈んだ者でなければ分からない。仮面の男は黒猫を名乗るだけあって、その感覚を身に付けていた。

「我ら黒猫は様々な仕事をこなします。子守、輸送、密売、護衛、暗殺……貴方に合った仕事を斡(あっ)旋(せん)しますよ。表で生きていけない人がお金を得られる、良い場所だと思いますがね」

それを聞いたシュウは少し気持ちが揺れた。

現在無職無収入ということもあり、仕事ができるのは嬉しい。そもそも、自分もアイリスも教会から追われている身であり、真っ当な職業に就けるとは考えていない。これを逃すのは少し惜しかった。

「どうするアイリス。俺はアリだと思うが」

「でも犯罪ですよ?」

「今更だな。俺は何万もの人間を都市ごと滅ぼしている」

「そうでした」

シュウは腕に抱えたアイリスと小声で話し合う。目の前にいる男は、シュウを黒猫のメンバーとして誘っているようだ。つまり、アイリスは無関係と言える。シュウが気を付ければ、アイリスが

危険な目に遭うこともないだろう。

またメリットとデメリットを天秤にかければ、自ずと答えは出る。

「ある意味チャンスだ。話は受けるぞ」

「分かったのです。私はシュウさんに付いていくのですよ」

「……悪いな」

元はと言えば、自分のせいでアイリスも魔女認定されたのだ。本格的に裏世界へと関わらせることに、少しは抵抗もある。

だが、シュウはだからこそ決意を固めて答えた。

不老不死の魔女と永久に寄り添う。それこそ、シュウができる当たり前のことだ。

（してもらったことは、キッチリ返す）

不運や不注意もあったが、アイリスはシュウが原因で人間社会から追放された。少なくとも、指名手配がされている魔神教の影響下の国ではまともに暮らすこともできない。

下手をすれば裏社会でも賞金首として出回っているかもしれない。

つまり仮面の男は罠を仕掛けているとも考えられる。

しかしシュウには迷っている暇などなかった。表でも裏でも危険なら、メリットの多い裏社会で生きるのが正攻法である。

「いいだろう。黒猫に入らせてもらう」

「即決ですか。良い判断力です」

ニヤリと笑みを浮かべた仮面の男は、早速とばかりにシュウへと告げた。

「では、後ろにいるチンピラを抹殺してください」

「ああ」

言われるがままに、シュウは『死（デス）』を使った。生命力をそのまま奪われ、骨折で呻いていたチンピラ三人衆は力を失う。

流石にこの光景には男も驚いたのだろう。

唖然（あぜん）としていた。

「どうした？　始末したぞ。早く黒猫へと案内しろ。どうせ連れていくつもりだろ？」

「え、ええ……」

予想外にとんでもない人物を引き込んでしまったのかもしれないと仮面の男は悟る。だが、後悔しても遅い。良い人員をスカウトできたとポジティブに思うことで恐れを払った。

「こちらです。ついて来て下さい」

「行くぞアイリス」

「はーい」

そして三人はその場から去る。

残るは汚物の臭いと、三人分の死体だけだった。

シュウとアイリスが案内されたのは意外にも表通りにある酒場だった。仮面の男は堂々と扉を潜り、マスターへと挨拶する。

「やぁ、奥は空いているかい？　新しい葡萄酒を頼むよ」

「……いつもの部屋が空いている。好きに使え」

「ありがとうマスター」

仮面の男がそのまま奥へと向かって行ったので、シュウとアイリスもそれに続いた。シュウはその時、酒場のマスターへと一瞬だけ目を向ける。

髪を全て剃った頭部には生傷が残っており、痛々しさを覚えた。猛禽類のような目つきを見ると、どうやらこのマスターも裏で色々やっていると想像できる。つまり、黒猫とこの酒場はグルなのだ。

シュウはそのように考えた。

（しかし表通りとは意外だったな。いや、だからこそ盲点になるのか）

店自体は普通に経営されており、一般客も多かったように思える。恐らく、特定の隠語をマスターに使うことで黒猫としての側面を見せてくれるのだろう。

酒場の薄暗い通路を通り、シュウとアイリスは奥へと案内される。

辿り着いた部屋はそこそこ広い個室で、中はランプが一つ灯されているだけだった。どうやら防音になっているらしく、壁は分厚そうに見える。実際に壁を叩いてみると、鈍い音がする。足音も同様なので床にも厚い板なり石なりが敷いてあると予測できた。

ここまで用意周到なら天井にも隙間はないだろう。

「適当に腰を掛けてください」

「分かった」

シュウは近くの椅子に座り、アイリスはその隣に腰を下ろす。

仮面の男は机を挟んで対面の位置に座り、口を開いた。

「まぁ、早速ですが、正式な黒猫の一員となるために試験があります」

「試験だと？」

「ええ、実力を見るための依頼ですね。具体的には、とある議員を暗殺して欲しいのです」

「いきなり殺しか」

眉を顰めるシュウに対し、仮面の男は笑顔で返した。

「いやぁ、先程チンピラ共を仕留めた手際は素晴らしかったのですよ。まさにピッタリではありませんか？」

「……否定はしない」

事実、シュウは冥王だ。死魔法を使えば簡単に生物を殺せる。また、霊体化することでどこにでも侵入可能だ。まさに暗殺向けの能力だろう。

「その議員とやらを殺せば完了か？」

「ええ。追加で言えば、彼が保有する金貨を一枚盗むと尚良いですね」

「金貨？」

「はい。通貨として使用されているものではなく、観賞用の金貨です。まぁ、貨幣なんて帝国とその属国でしか使われていませんけどね。この辺りは紙幣が一般的ですし。あ、金貨は表に杖を持った猫、裏には髑髏(どくろ)とナイフが刻まれていますので」

「そちらは最悪、なくてもいいのか？」

「はい、実を言うと暗殺と盗みの依頼が二つ重なっているのですよ。盗みの方も大事なんですが、暗殺は一度失敗していますので手早く済まさないと依頼主から怒られるんですよねぇ」

苦笑を浮かべる仮面の男の言葉を信じるなら、シュウが暗殺する議員は黒猫によって暗殺未遂に遭っている。つまり、それだけ警戒されているということだ。

かなり難易度が高い。

それを苦笑だけで試験にしてくるのだから、仮面の男も趣味が悪い。シュウとしては嫌な顔の一つでも浮かべたかったが、文句を言える立場ではないのだ。一拍おいて、首を縦に振った。

「……まぁいい。余裕があれば金貨も探しておく」

「ええ、お願いしますね。もしも金貨を持って帰って下されば、入団後の対応も良いものとなりますので」

「ほー、なるほどね」

それを聞くと少し興味が湧く。

無理をせずに挑戦してみようとは思えた。

「そろそろ葡萄酒が運ばれてくると思います。お酒でも飲みながら暗殺依頼について説明しましょう。今回は試験という面もありますし、支度金も幾らかお渡しいたします」

「ああ、頼む。それとこの話を聞いているアイリスだが……」

「はい？」

シュウは隣に座るアイリスに目を向けてから、再び仮面の男へと視線を戻しつつ言葉を続ける。

「コイツは俺の相方だ。便宜上、黒猫では俺の配下として扱え」

「問題ありませんよ。黒猫の情報を漏らすようであれば、話は別ですが」

「それでいいなアイリス」

「えっと、はいなのです」

戸惑いつつもアイリスは返事をする。

すると、そこで扉がノックされて酒場のマスターが葡萄酒を持ってきた。ノックというよりも殴っているのではないかと思うほどの音である。思わずアイリスが肩を跳ねさせた。

（いや、まぁ分厚いドアをノックしようとしたらそうなるか。防音だし）

防音の部屋であることが仇となり、外部からのノックも相当頑張らなければ聞こえない。その結果が部屋を揺らすほどに力強く叩くことで現れていた。

仮面の男は立ちあがり、鍵を開ける。

そこには陶器の瓶を持った酒場のマスターがいた。

「注文の酒だ」

「ありがとうございますマスター」

「……こいつらが新入りか？」

「ええ、まだ仮団員ですが」

マスターはシュウとアイリスを見定めるような目つきになる。暫く二人を見つめた後、持ってきた酒を渡して部屋を出ていこうとした。

そして去り際に一言だけ仮面の男へと言葉を投げかける。

「あまり遊ぶなよ『鷹目』」

「勿論です。それに遊びではありません。期待の表れですよ」

「どうだかな？」

そんな会話をしてマスターは部屋を出ていった。

シュウは扉が閉じられるのを見計らい、男へと問いかける。

「私のコードネームのようなものです。貴方たちも私のことは『鷹目』と呼んでください」

「『鷹目』ってのは？」

「コードネームねぇ……」

闇組織らしいと言えばそうなる。

『鷹目』と呼ばれるこの男は、そのコードネームから察するに観察する系統の仕事を得意としているのだろう。つまり、諜報や調査といった情報収集だ。もしくは獲物を狙うという風に解釈することで、暗殺系の仕事がメインだとも考えられる。

「まぁ、私のようにコードネームが与えられるのは幹部級の実力者だけですよ。貴方はあまり気にしなくても構いません。きっちり任務をこなせば自然と貰えるでしょうからね」

「そんなもんか……」

シュウとしては少しだけそういったものに憧れてしまう。

だが、そんな内心は表情に出さず、『鷹目』へと質問を投げかけた。

「葡萄酒も来たんだ。暗殺依頼について教えてくれないか？」

「そうですね。では早速ですが仕事の話に入りましょうか」

『鷹目』はグラスへと葡萄酒を注ぎ、それをシュウ、アイリス、そして自分の目の前へと置く。そして一口だけグラスの酒を流し込んでから話し始めた。

「まず初めに、依頼主は私の口から明かせません。知りたければ独自に調べてください。もしくは、口止め料以上の金を払ってくだされば、私から話しましょう」

「別にいい」

「そうですか」

今はお金がないので、そういったことはスルーする。

しかし、今のやり取りで『鷹目』が情報を扱うエキスパートであると予想できた。尤も、シュウはいわゆる情報屋に会うのが初めてなので基準を知っているわけではない。ただ、情報をキッチリ商品として扱う心がけがあるのは確かだった。

「ではターゲットの話をしましょう。今回の暗殺対象はエリーゼ共和国の議員の中でも財務を扱う地位に就いていている人物です」

「へぇ。なら、その地位を利用して横領……なんて感じか？」

「そのようですね。しかも横領したお金で賄賂を贈り、自分の罪を他人に着せたりもしているようです。裁判官なども買収済みと調べがついています。後は息子の罪を揉み消したりもしていますね。まぁ、典型的なクズ議員という奴ですよ。こういった暗殺対象なら、初めてでも良心が痛まないでしょう？」

「まぁな」

法で裁けない罪人に裁きを。

これが今回の依頼ということだろう。

既に大虐殺をしてしまったシュウでも、多少の良心は残っている。暗殺するにしても、善人よりは悪人の方がいい。

必要とあらば虐殺もするが、逆に不要な殺しまではしない。

「それで……一度黒猫では失敗しているんだってな？」

「ええ、誠に遺憾ながら。今回のターゲット、ニムロス・ブラート財務大臣は横領した大金を注ぎ込み、優秀な護衛を雇っているのです。その護衛は黒猫のライバルにあたる闇組織所属でしてね……それなりに優秀な魔装士だということは分かっています」

「ライバル組織があるのか？」

「ええ。このエリーゼ共和国で力を伸ばしている青薔薇という組織です。元々、黒猫は帝国発祥なので……この神聖グリニアの支配が強い東側ではまだ立場が弱いのです。いや、お恥ずかしい」

それを聞いたアイリスは『どの口が……』と内心で思う。

神聖グリニアでは聖騎士が積極的に闇組織に所属する魔装士を排除しているので、弱小の闇組織はすぐに潰れてしまう。結果として、大規模で強力な戦力を揃えている闇組織が残っているのだ。

つまり、東側で活動できているだけで黒猫の影響力が窺える。

立場が弱いと言っても、それはとんでもない謙遜だ。

ただ、そんな事情を知らないシュウは素直にそれを信じたが。

「それじゃあ、今回の暗殺依頼はライバル組織の力を削ぐ依頼でもあると？」

「結果論ですが、そうなりますね」

「まぁ、いい。機会があれば、その護衛とやらも殺しておいてやる。これから所属する組織の力は強い方が何かと便利だ」

「ほほう？　自信あり気ですね」

「殺すことにかけては世界最高だと自負しているからな」

誇る様子もなく、当然と言った様子でその言葉を紡いだシュウに『鷹目』は動揺しかけた。事実、シュウは死を司る冥王だ。最も死の概念に近く、それを操ることに長けている。

今の言葉は紛れもない事実なのだ。

チンピラ三人を瞬時に殺害した死魔法の件もあるので、『鷹目』としても納得はできる。冥王の力の一端とは知らずとも、絶大な能力であることは確信していた。

「取りあえずターゲットの家を教えろ。今晩の内に殺してきてやる」

シュウは真っすぐ『鷹目』を見つめながら、淡々とそう告げるのだった。

首都アルタの酒場を出たシュウとアイリスは、貰った支度金で宿を取った。この支度金はいわゆる暗殺依頼の前金であるため、正当な報酬の一部でもある。つまりシュウにとって初めての給料だ。神聖グリニア、およびその属国では紙幣が流通しており、それなりの大金を貰ってもかさばらない。その点において有り難かった。

ちなみに、取った宿は中等程度のものであり、アイリスとの二人部屋となる。

「おお！　思ったよりも綺麗なのですよ！」

「そうだな。シーツも白いし、床も目立った汚れはない。払った金額に見合う宿だな」

黒猫で貰った前金はそれなりに多い。だが、二人で宿生活を続ければ、十日ほどで全額使い果たしてしまう。ただ、暗殺依頼を成功させれば、かなりのお金が手に入るので、贅沢しなければ数か月は過ごせるようになるだろう。

暗殺は危険度や難易度の高さもあり、高額報酬なのだ。

「シュウさんシュウさん！」

「どうしたアイリス」

「今夜はお仕事に行くんですよね……」

仕事……と濁しているが、アイリスの複雑そうな表情を見れば分かる。彼女としてはあまり暗殺という仕事が乗り気ではないのだろう。元々、聖騎士になろうと考えるほどの心意気を持っていたのだ。気持ちは分からなくもない。

（流石に元聖騎士だからな。だが、何とか納得して欲しいところだ）

シュウはそんなアイリスの内心を想像しつつ真面目に答えた。

「ああ、だがこれは――」

「だったら私の体でベッドを温めておくのです！　帰ったら美少女の体温に包まれて眠れるのですよ！　どうです？　楽しみでしょう！」

「――俺の心配返せアホ」

「痛いっ⁉」

シュウは速攻でアイリスに手刀を振り下ろした。心配して損である。

好意を向けてくれるのは有り難いが、時と場合を考えて欲しかった。

「ベッドは二つあるだろ。寝るときは別だ」

「ふっふーん。そんなことを言っていられるのも今の内なのです。夜の男は狼だと相場決まっているのですよ！」

「残念だったな。俺は食欲、性欲、睡眠欲が皆無の霊系魔物だ。たとえ隣で美少女が寝ていたとしても襲う気にならんな」

「なの……です……ッ⁉」

始原魔霊（アルファ・スピリット）であるシュウはその手の欲求がないし必要もない。エネルギー源は魔素なので、空気中から常時吸収している分だけで事足りる。強（し）いて言えば、食事をすることで余分にエネルギーを確保できるが。

なので、アイリスのお色気作戦は初めから成功するはずもなかった。

「この辺りが残念娘たる所以だよなぁ」

「うぅ……」

「そう嘆くな。お金が手に入ったらアルタの観光にでも連れていってやるから。議会堂の庭が有名な観光地だったよな？」

「本当なのです？」

「本当だぞ」

「じゃあ、大人しく待っているのですよー」

アイリスはそう言いながら、ベッドの上に転がる。

そこからシュウを見つめる目は、少しだけ輝いて見えた。実に単純だとシュウは呆れそうになるが、これこそがアイリスらしいと考え直す。

そんなところも可愛らしいと思えば、少しは見方も変わってくる。

魔装の力で不老なので、実はアイリスが二十歳であることは忘れることにした。永久に生きることができると思えば、二十年などまだまだ子供である。そう思い込むことにした。

（ニムロス・ブラート財務大臣暗殺、そして金貨の回収ね……『鷹目』からターゲットの自宅も教えてもらったし、すぐに片付くだろ）

ターゲットは戦闘力のない一般人だ。護衛はいるが、死魔法の前には全てが無意味。シュウは緊

張すらしていなかった。

教会に喧嘩を売り、街を滅ぼしたことに比べれば大したことがない。

「なぁ、アイリス。俺についてきて後悔はしていないのか？」

シュウはふと、問いかけた。

これでもアイリスに好かれている自信はある。しかし自分のしてきたことを思い出し、後悔にも似た念を覚えた。

「私は後悔していないのですよ。こう……びびっと来たのです。運命？　みたいな？　なのですよ！」

「曖昧だな」

「直感は大切なのです」

それを聞くと、シュウは前世の記憶を思い出す。

頼りになった姉も、直感的な考え方をする女だったと。

デラクール・ハリス・ヴィトン病という奇病に侵されていたかつてのシュウに対し、姉は常から堂々と語っていた。自分なら治せる気がすると、根拠もないことを。

しかしシュウにとっては何より安心できる姉の言葉だった。

直感を信じると述べたアイリスに、そんなかつての姉の姿が重なる。自信家で大胆だが、どこかおっちょこちょいなところもそっくりだ。

（実際はともかく、精神的には助けられてばかりか……まるで夫婦だな）

馬鹿馬鹿しい想像を振り払い、シュウは霊体化して溶けるように部屋から消えた。

月も眠る深夜となるまでアイリスと顔を合わせるのが少し恥ずかしくなったのだ。

「ありがとうアイリス」

そんな言葉を残してしまったのだから。

どこか気恥ずかしそうに姿を消したシュウ。

一方で一人宿に残されたアイリスはニヤニヤしながらベッドでゴロゴロしていた。

「ふんふんふふふーん」

リズムに乗って鼻唄を口ずさむアイリスは実にご機嫌である。

(シュウさんとの距離も縮まったのですよ！)

アイリスはシュウのことが好きだ。

それは命を助けてもらったからという簡単で劇的な理由ではない。五年以上に渡り、アイリスはシュウから魔術を教わった。その長い付き合いの中で意識するようになったのだ。

処刑されそうなところを助けてもらったのは、その溜まった意識が芽生えた瞬間に過ぎない。

(いつになったら結婚してくれますかねー)

んふふふふ……と一人笑う。

かつてシュウは『お前をもらう』と宣言した。

それはアイリスにとって『嫁にする』宣言と等価である。というより、誰が聞いてもそのように理解できる文面だ。そのため、いつになったら手を出してくれるのか、実はワクワクしていたりする。

（シュウさんも照屋さんですねー。でも欲がないのは厄介なのです……どうにかしてシュウさんを私のものにしてやるのですよ！）

アイリスに後悔はない。

不運や不手際は結果でしかなく、シュウと共にあること自体に全く不満はない。この感情は損得勘定で測れるものではないのだ。

冥王シュウはあらゆる結果と過程を損得勘定によって測り、バランスを取ろうとする。しかし魔女アイリスは唯一を満たすことができるならば、あらゆる損を許すことができた。

「だから消えないでくださいね。シュウさん……」

シュウはアイリスのために、アイリスに助けてもらった分を返すためにどんなことでもする。だがアイリスはただシュウだけを望んでいる。

どこか遠くに行ってしまいそうなシュウを幻視して、縋るように手を伸ばした。

届かぬ夢、触れぬ幻を掴むように。

アイリスはいつの間にか眠っていた。

町が静まり返る深夜。

まだ電気が普及していないこの世界では、既に就寝時間である。つまり、暗殺者の時間だった。

「すぐに戻る。先に寝ていろアイリス」

宿の屋根に座っていたシュウはそう告げて立ち上がる。

明かりとなるのは星だけ。既に月すら沈んでいる。今日は夜中には沈んでいる日だった。夜行性の動物や鳥が鳴く音以外は何もない。

（あっちか）

霊体化していると魔力光で少し目立つため、実体化して屋根を走った。可能な限り音が無くなるよう走っているつもりだが、意外と難しい。この辺りは要練習だろう。

それでも屋根を駆けつつ、シュウは高級住宅街を目指す。その地区はいわゆる豪邸が並び、高級な店舗が乱立する地区であり、財務大臣でありながら横領しているニムロス・ブラートの邸宅もここにあった。

（この辺りからは警備が厳しくなるな……注意しないと）

そして高級住宅街では盗難が心配される。

故に警察にとっては要警戒の地域であり、彼らには定期的に夜警の任が回ってくるのだ。辛い夜勤任務であるため、警備そのものはザルである。しかし中には職務に忠実な警備員もいるので、油断しているとすぐに見つかる。

念のため彼らを避けながら移動しなければならないので、意外と気を使う。魔力感知があるので苦労はしないが。

（獅子の彫り物が置かれた正門……ここだな）

『鷹目』に言われたブラート邸の特徴を思い出し、それと照らし合わせる。どうやらここで間違いないと判断出来たところで、シュウは侵入方法を考え始めた。

（正面門には門番、恐らく庭にも見張りがいるな。透過を使うと魔力光で目立つか……）

魔力を感知できる範囲で、既に見張りが三十人以上もいる。つまり、邸宅を囲む壁を抜けるにしても、透過を使うとバレてしまう可能性が高い。かと言って、飛び越えても同じだ。

暗殺という仕事である以上、見つからないようにするのがセオリー。

おそらく、以前に失敗した暗殺以降、警戒を増やしているのだろう。それをバレずに突破するのは中々に難易度が高い。

（死魔法で全員殺すか？　死魔力で死体を消滅させれば、証拠も残らないし）

物騒だが、アリと言えばアリだ。

金貨を探すにしても、コソコソと屋敷を探し回るのは面倒である。もしくはターゲットのニムロス以外を殺害し、金貨の場所を吐かせるのも有効だ。魔力の使い過ぎかもしれないが、初仕事でもあるので感覚を掴むためにも過剰なぐらいで丁度いい。

シュウはその案で行くことを決める。

（まずは門番からだ。『死』）

正門を守っていた四人の門番は死魔法によってエネルギーを全て奪われ、一撃で死に至った。これが王の魔物が操る魔法だ。

概念にすら作用する究極の力である。

シュウはすぐに死魔力を生成し、それを飛ばして四つの死体を消去した。死魔力は死の概念が宿った魔力であり、これに触れると問答無用で物質は死ぬ。抵抗すら許されずに朽ち果て、塵以下の無になるのだ。これぞ質量保存の法則すら無視する魔の法則……魔法である。

死体が全て消滅したのを確認し、シュウは加速魔術で正門を飛び越えた。

（六人を知覚……『死』！）

ブラート邸を守る警備兵は一撃で殺され、生命力を魔力としてシュウに吸収される。そして吸収した魔力を元にして死魔力を作り出し、死体を消滅させた。

これで合計十人。

（次だ）

こんなところで止まっている暇はない。次にシュウは庭を移動し、別の場所を見張っていた警備兵五人に死魔法を行使した。一言も発することができず死体となった五人を死魔力で消滅させる。

その調子で次々と警備兵を始末していき、合計四十八人がこの世から消滅した。

後はブラート邸内部だけとなる。

（一応、内部にはライバル組織に所属している護衛がいるんだっけ？）

ニムロスは暗殺から身を守るために、自分の護衛を闇組織・青薔薇に任せている。情報提供者にして依頼斡旋者の『鷹目』がもたらした情報によると、青薔薇は黒猫とライバル関係にある。つまりここで始末しておくと敵勢力の減衰に繋がり、回り回ってシュウにとっても良い結果となるだろう。

そう決意したシュウは、霊体化して浮遊する。既に庭の警備兵は始末しているので、霊体化して魔力光を少し放ったところで見つかることはない。そのまま邸宅の二階へと透過で侵入した。

（確か三階が使用人の住み込み部屋だったか。使用人ぐらい、見逃してもいいだろ）

外の警備兵を皆殺しにしておいて今更だが、シュウはそんなことを考える。邪魔になるならともかく、意味もなく殺害するのは気が引けた。この時間なら殆どの使用人が眠っているはずなので、邪魔をしてくるということはないはずである。

ニムロスの寝室は二階にあるということしか分かっていないので、一つ一つの部屋を調べることにする。邸宅の二階には十八の部屋があり、一つずつ調べるのは割と面倒くさい。だが、これも必要なことだと割り切った。

まず、一つ目の扉の前に立つ。

そしてノブを回そうとしたが、鍵がかかっているのか回らなかった。

（仕方ない。まぁ、予想はしていたし）

シュウは透過で侵入する。

するとそこでは一人の男が四人の女を相手に夜の行為をしていた。

「はぁ……はぁ……」

「やめて！　痛い！　うあああっ！」

「へへへ、止めるかよバーカ。テメェらは俺様の奴隷だ！」

「違……私には彼氏が――」

どうやら部屋自体が防音になっていたらしく、外にいた時は全く気づかなかった。そして男が今犯している女以外は気絶しており、体中に赤い体液を付着させている。

この様子を鑑みるに、恋人同士というわけではないだろう。

そういった性癖があるのなら別だが、殴る蹴るを繰り返して痛めつけることが恋人という関係で行われるとは思えない。

（ニムロス・ブラートの息子、カルロス・ブラートか）

議員としての権力を使い、息子の罪を揉み消しているという情報もあった。女を攫い、こうして無理矢理犯しているのも、揉み消されている罪の一つだろう。

百害あって一利なし。

シュウの中で有罪判決が下された。

「ひゃひゃははは、うぐっ⁉」

死魔法によってカルロスは息絶えた。そのままベッドから転がり落ち、目を剥いたまま動かなくなる。犯されていた女も急なことで驚いたのか、キョトンとしていた。

そしてシュウは女に見つからないよう、すぐに透過でその部屋から出る。

（次だ次）

カルロス殺害はついでなので、本命であるニムロスを探しに行く。そして二つ目の部屋に透過で侵入するも、そこは犬が数匹眠っていた。どうやらペットの寝室らしい。無視して次の部屋に行く。

三つ目、四つ目、五つ目……と透過で部屋を回り、遂に十二個目。

これまでとは一線を画する大きさの部屋に出た。

その部屋の隅には巨大なベッドが備え付けられており、その上には豚ではないかと思うほど太った男がいびきをかいて眠っている。

(もしかしなくとも……コイツだな)

ニムロス・ブラートの特徴は太った体と口髭、そして禿げた頭部だ。

眠っている男はその特徴とぴったり合う。

取りあえず金貨について尋問しようと考え、振動魔術を展開して防音状態にする。そしてニムロスへと近づき、叩き起こそうとした。

だが、その途中でシュウは不意に何か結界のようなものに触れたと気付く。流石は暗殺対象に選ばれるほど腐敗した議員だ。この手の対策はバッチリだったらしい。警戒音が鳴り、ニムロスのベッドが強固な防御結界に囲まれた。

同時に、寝室の奥扉が開け放たれ、三人の男たちが侵入してくる。どうやら奥扉の向こうに護衛を控えさせていたらしい。結界に何かが触れると分かるように仕組まれていたのだろう。折角防音の術式を展開させていたが、無駄だった。

「賊だ。仕留めるぞ!」

「おうよ」

「腕が鳴るぜ」

無手の男がシュウの正面に立ち、結界で守られたニムロスを守るような立ち位置を取る。二人目は窓側へと移動し、逃走を防止。三人目は扉側に移動し、同じく逃走を防止するとともにシュウの背後を取った。

その騒ぎにニムロスも目を覚ましたのか、飛び起きる。

「何事⁉」

「あー……賊ですぜ。落ち着いてくださいよ旦那」

「何！　懲りずにまた……捕えて拷問にかける。殺すなよ」

「厳しいご注文で」

「ええい！　グダグダと文句を言うな！　何のために大金で雇ったと思っているグレッグ！」

グレッグと呼ばれたのがシュウの正面に立つ男だ。彼はニムロスの要求に肩をすくめつつ、魔力を右手に集めた。すると収束した魔力が形を成し、ナイフの形をした魔装が顕現する。

つまり、グレッグは魔装士だった。

それに続いて他の二人も魔装を発動する。窓側にいる男がギザギザの刃を持つ剣、そして扉側の男は変身型の魔装なのか狼男のような姿となっていた。

おそらくは聖騎士でもない魔装士。

黒猫に対抗してニムロスが雇った闇組織所属の護衛なのだろう。『鷹目』の言っていた青薔薇の構成員ということになる。

構成員の一人、グレッグは侮(あなど)るような口調で淡々と告げた。

「一応、警告しておいてやるぜ。さっさと投降して情報を吐きな。そうすれば楽に終わる。うちのお嬢からも痛めつけるのは止めとけって言われているもんでな」

三対一であり、絶対の有利を感じていたのだろう。そのように忠告する。

だが、そんな三人に対してシュウは無言のまま死魔法を行使した。

(『死(デス)』)

当然、グレッグたちは糸の切れた人形のようにバタリと倒れる。シュウは自分の内部に魔力が蓄積されるのを感じながら、そのままニムロスの方へと歩み寄り、彼を守る結界に手を触れた。

「ひっ⁉　どうしたのだグレッグ！　早く立ち上がれ。儂(わし)を守れ！」

しかしグレッグたちが返事をすることはない。

なぜなら、シュウが殺したのだから。

「そ、そうだ！　儂にはこの結界がある！　神聖グリニアから取り寄せた最新式の結界魔道具を破れるものなら破って――」

「馬鹿が」

シュウはその一言と同時に死魔法を使い、結界を殺した。つまり、魔力を奪い取ったのである。

どんなに強固な結界でも、エネルギーたる魔力がなくては動かない。

つまり、ニムロスを守るものは完全消失した。

「ひぎゃあああああああああ！　誰か！　誰か儂を助けろおおおおおお！」

ニムロスは無様(ぶざま)に叫ぶが、この部屋にはシュウが防音魔術を張っている。全力の叫びすら、気付かれることはないのだ。

そんなニムロスは一歩ずつ近づいてくるシュウに恐怖を覚えたのだろう。半狂乱となり、護身用のナイフを手に取って振り回し始めた。

「こ、この儂を誰だと思ってる！　エリーゼ共和国の財務大臣ニムロス・ブラートだぞ！　下がれ、下がれ無礼者おおおおおおおおおおおおおおおお！」

「煩(うるさ)い。それとナイフ邪魔」

「ぎゃあああああああああ!?」

シュウは斬空領域(ディバイダー・ライン)でニムロスの両腕を斬り落とした。その痛みでニムロスはベッドを転げまわる。

噴き出る血がシーツを赤く染めており、このままでは出血多量で死ぬと思われた。

煩く叫び続けるニムロスをシュウは移動魔術で床に転がし、背中を足で踏みつける。

「うぎゃあああああああああああああ！　ぎゃあああああああああああああ！」

「死ぬと不味いし、止血ぐらいはしてやるか」

「あああああああ！　あああああああああああああ！」

加速魔術と振動魔術を発動させたシュウは、分子振動を加速させて加熱する。これによって両腕の切断面を焼き、止血した。ニムロスは激痛で叫ぶが、シュウは容赦(ようしゃ)しない。

もはや暗殺というよりも惨殺(ざんさつ)である。

だが、これも二つ目の依頼である金貨回収に必要なことだ。

「さてと、そろそろ叫ぶのは止めろ。必要なことだけ喋ってもらおうか」

「はぁ……うぐ……ああ……」

シュウは早速とばかりに尋問を始める。

叫び過ぎて体力が尽きたのか、ニムロスは両腕の痛みに耐えつつ喘いでいる。全身が痺れるような感覚と同時に、世界が揺れていると錯覚するような心拍を感じていた。一方で呼吸は定まらず、自分が呼吸しているのかどうかも分からない。客観的には息も絶え絶えという状態だった。

しかし尋問側に容赦はない。

シュウは彼の背中をより強く踏みつけ、質問した。

「金貨の場所を言え」

「……あ、ぁ……ぅ……ぁ」

「さっさと言え」

「がっ⁉」

「あっ……強くし過ぎたか。これぐらいの圧迫なら喋れるか？　金貨の場所だ」

「ぜぇ……き、金貨だと……？」

「表は杖を持った猫、裏には髑髏とナイフ。そんな金貨だ。持っているだろ？」

「んぐぅ……あれの……ことか……」

ニムロスは痛みのせいで思考が回らないのだろう。思ったより素直に答える。

「あんな……気味の悪いものは……グレッグの奴にやった。報酬としてな……うぐ」

「そいつか」

売り払ってなきゃいいけど、と内心で呟きつつグレッグの方に目を向ける。パッと見ただけでは、金貨を身に付けているようには見えないので、ポケットにでも入れているのだろう。

シュウはニムロスを力強く蹴り飛ばした。

「うぎゃああ！」

痛みで叫び声を上げるが、それを無視してシュウは死んだグレッグに近寄る。そして上着やズボンのポケットを探った。すると、ズボンの左ポケットに硬いものが入っていることに気付く。取り出して手元に魔術の光を宿すと、金貨の模様がハッキリ見えた。

「表は杖を持った猫、裏には髑髏とナイフ。目的の金貨に間違いないな」

そこそこ大きな金貨であり、観賞用と『鷹目』が言っていただけあって緻密な模様が彫られている。シュウはそれをポケットに入れた。

これで二つ目の依頼も完了である。

「ぐおおお……うぐぅ……」

「じゃ、楽に殺してやる。『死（デス）』」

呻きながら床でピクピクと痙攣（けいれん）していたニムロスからエネルギーを奪った。どんな悪人でも、シュウが殺せば等しく魔力となる。ある意味、死は平等と言えた。

そして防音魔術を解除し、透過で外へとすり抜ける。

（依頼完了っと。明日にでも酒場で報告だな）

財務大臣ニムロス・ブラート死亡。

更に彼の屋敷で息子カルロスが不審死しているのも発見され、四十八人の護衛が謎の失踪を遂げる。そんな大事件として、翌日のエリーゼ共和国を騒がせるのだった。

翌日、シュウはアイリスを連れて酒場を訪れた。

まだ昼前であり、流石に客は少ない。カウンター席が空いていたので、二人はそこに腰を下ろす。するとマスターが目の前にやってきた。

「『鷹目』は昨日の部屋で待っている」

「そうか。取り敢えず軽めの食べ物でもくれ。丁度昼前だし」

「あ、私も同じものが欲しいのですよ！」

「……分かった」

マスターは溜息を吐くと、厨房に向かう。律儀に何かを作ってくれるのだろう。少し経つと、焼いたベーコンとマッシュポテトが出て来た。軽めと注文したからか、量はそれほどでもない。

「取りあえず喰うぞ」

「はーい」

シュウとアイリスはフォークでベーコンを突き刺し、口に運ぶ。厚切りなので噛み応えもあり、肉汁も溢れて非常に美味しかった。続いてマッシュポテトを口に運ぶが、こちらは少しパサパサしている。ベーコンの油があると、丁度良い塩梅になりそうだった。

「割といけるな」

「お肉が美味しいのです」

「そいつは自家製だ。ウチの看板メニューみたいなもんだよ」

「道理で」

マスターが少し自慢げだったので、本当に人気なのだろう。これをツマミにお酒を飲むのが、この酒場で最も人気なのだという。

ちょっと試したくなったが、この後に『鷹目』と会うので一応止めておいた。魔物が酒に酔うのかは謎なので、念のためである。肉体構造をもたない霊系は間違いなく大丈夫なのだが、シュウは慎重だった。そもそも前世の段階で酒を嗜んだことすらなかったので、無意識に忌避していたという理由もあったが。

「美味しかったのですー」

「御馳走様。幾らだ？」

「そうだな……初依頼成功を祝ってサービスしてやる」

「いいのか？　てか、情報速いな」

「『鷹目』の奴がやけに嬉しそうに話してやがったからな」

既にニムロス・ブラート暗殺事件は一部で騒ぎとなっている。だが、一般市民のところまではまだ情報が下りていない。マスターが知っているのは、彼が自己申告した通り『鷹目』からの情報ということだろう。

「それなら、ありがたくご馳走になる」

「ああ、そろそろ奥に行ってやれ。『鷹目』の奴もニヤニヤし過ぎて気持ち悪かったからな」

「一気に行く気が削がれたな……」

「さっさと行け」

マスターが手で払うようにして奥へと促すので、シュウは仕方なく立ち上がった。それに続いてアイリスも立ち上がる。二人は昨日入った奥の個室を目指し、薄暗い廊下へと入っていく。流石に昨日の今日なので場所も覚えており、すぐに目的の場所へと辿り着いた。

シュウはそこをノックもせずに入る。

中にはニヤニヤと気持ち悪い笑みを浮かべた『鷹目』が待っていた。相変わらず、目元を隠す仮面が胡散臭さを放っている。

「真顔に戻れ気持ち悪い」

「おっとすみませんね」

ズバッと毒を吐いたつもりだったが、『鷹目』は特に反応することなく真顔に戻った。シュウは昨日座った椅子に座り、アイリスは入ってきた扉を閉めてからシュウの隣に腰かける。

すると、まずは『鷹目』の方から口を開いた。

「まさか本当に一晩で成功させるとは驚きです。いや、本当に」

「殺すことにかけては世界一だと自負していると言っただろ？」

「はは、その通りかもしれませんね」

『鷹目』は口調こそ穏やかだが、シュウが一体何者なのかと探るような雰囲気を出していた。ただ、それは疑うようなものではなく、単なる興味のようだ。だから、シュウも特に気にせず話を進める。

「それと回収した金貨だ。これで合っているだろ」

ポケットから金貨を取り出し、机の上に置く。すると『鷹目』はそれを手に取り、両面をチェックし始めた。暫く金貨を眺めた後、『鷹目』は無言でそれをシュウに返す。

なぜ返すのかと疑問に思ったシュウは、当然尋ねた。

「間違っていたか?」

「いえ、依頼の金貨で間違いありません」

「なら何で俺に返すんだ?」

「それは既に貴方の物だからですよ」

どういうことかと首を傾げるシュウに対し、『鷹目』は説明を始めた。

「その金貨は黒猫に所属する幹部を表すものです。暗殺を司る幹部の証、コードネーム『死神』のコインですね。ちなみに私も『鷹目』のコインを持っているのですよ?」

そう言うと『鷹目』は何処からともなく金貨を取り出した。そしてシュウに見せつけるようにして表と裏をの模様を指し示す。

どうやら『鷹目』のコインは表に杖を持った猫、裏は三つ目の鷹になっているようだ。

「『鷹目』のコードネームは情報屋を意味します。他にも色々と幹部を表すコードネームはあるのですが、それは追々でいいでしょう」

「ちょっと待て。黒猫に入ったばかりの俺が幹部に？　何の冗談だ」

「冗談ではありませんよ。先代の『死神』はニムロス・ブラート財務大臣の暗殺に失敗し、金貨までも奪われてしまいました。貴方は暗殺を成功させ、金貨を取り戻したのですから、貴方が次の『死神』で間違いありません」

「……そういうことかよ」

シュウの中で色々と繋がった。

暗殺と金貨回収……『鷹目』は二つの依頼が重なっていると言っていたが、後者である金貨の回収は黒猫からの依頼だったのだ。『鷹目』がシュウと出会ったところまでは偶然だったのだろう。

だが、シュウに殺しの才覚を見出し、モノは試しとばかりに難易度の高い任務を当てたのである。

昨日あった、マスターと『鷹目』の会話、『あまり遊ぶなよ『鷹目』』『勿論です。それに遊びではありません。期待の表れですよ』『どうだかな？』もそういう意味だったのだ。

「ニムロス・ブラート暗殺任務は試験、金貨を回収すれば好待遇にします……私は何一つ嘘など言っておりませんがね」

「確かに嘘は言ってなかったな。嘘は」

適当に闇組織で稼ぐつもりだったが、いきなり幹部級になってしまった。そのことでシュウは頭を抱えそうになる。確かに表の世界で自由に生きられるとは思っていないが、ここまでドップリと裏世界に浸かるつもりもなかった。

　これはかなり予定外である。

「しかしあの青薔薇って組織の連中……先代の『死神』を殺していたんだな」

「ええ、あの組織は厄介ですよ。どういった手品を使っているのか知りませんが、魔装士を量産しているようです」

「魔装士を量産？」

「ええ、青薔薇に入った非魔装士が、翌日には魔装士になっているのは確認しています。私の情報網を使って知ったのですが、驚きましたよ。何度も裏を取りましたから」

　シュウは驚き、アイリスに目を向けた。

　すると意図を掴んだのか、アイリスは説明する。

「魔装は個人の才能なのです。量産なんて無理なのですよ」

「なら、力を分け与える魔装という可能性はあるか？」

「私にも分からないです。でも、存在するとしたら既存の系統から外れた特殊タイプということになるのですよ。魔装は武器型、防具型、置換型、拡張型、領域型、変身型、造物型、眷属型に分けられるのです。一番近いのは眷属型ですけど、これは魔力で使い魔を生み出すというタイプなので少し違いますね。仮にそういう魔装があったとしても、分け与えれば分け与えるほどオリジナルの力は落ちていくはずなのです。魔力容量には限りがありますからねー」

「余程強大な魔力を持っているのか、あるいは別の方法があるのか」

「私は魔装だと無理な気がしますけどねー」

しかし、今考えても仕方がない。そもそもシュウは魔装についての知識がそれほどあるわけではないのだ。既存の知識をこねくり回したところで時間が無為に過ぎるだけだろう。一旦は思考の隅へと追いやることにした。

敵対しても問題ないことは昨晩に証明されているので、先に目下の問題を片付けることにしたのだ。シュウが黒猫の幹部になる件についてである。

「で……黒猫の幹部に何か義務はあるのか？」

「特にありませんよ。組織を裏切らなければ、自由に仕事してください。幹部と言っても、特別に強い力を持つ者という意味に過ぎませんからね。そもそも裏切るという概念そのものが曖昧です。必要ならば幹部同士の争いすら認められてしまいます」

「そんな大雑把なのか？」

「強いて言えば、偶に黒猫の幹部会合がありますので、それに参加して頂ければと」

新人にしていきなり幹部というのは些か不安だ。

まだ黒猫という組織のシステムにも慣れておらず、分からないことも多い。その状態で『死神』というコードネームを受け取って良いものかと悩んだ。

そんなシュウの様子を感じ取ったのだろう。『鷹目』はアドバイスを送る。

「そんなに悩む必要はありません。幹部を示すコインがあれば、黒猫の各拠点で優遇してもらえます。お得な地位を手に入れたと思えば良いのです」

「優遇？　たとえば？」

「分かりやすい例であれば、優先的に報酬の良い仕事を紹介してもらえます。普通の団員は隠語を使いながら支部のマスターたちに信用していただくのですが、幹部はこのコインを一枚見せるだけで良いので楽です。各拠点によってキーワードが異なったりしますからね。これは便利ですよ。まぁ、一拠点に留まるのでしたら関係のない話ですけどね。ほぼ顔パスになりますから、簡単な隠語を使った方が早いです。昨日、私がやってみせたようにね」

「なるほど」

つまり、シュウの目の前に置かれた金貨は大きな力を持っているということだ。それでいて、その力を縛る義務はほとんど存在しない。

シュウは右手を伸ばし、髑髏とナイフが描かれた金貨に触れた。

「……『死神』」

冥王アークライトとしての力を考えるならば、これほど相応しいコードネームはないだろう。少しの迷いはあったが、シュウは『死神』のコインを手に取り、握りしめた。

メリットとデメリットを天秤にかければ、答えはすぐに出せる。

「いいだろう。俺が『死神』だ」

「改めてよろしくお願いします」

そしてシュウは手に取ったコインをポケットにしまう。

成り行きだが、黒猫の幹部になってしまったのだ。情報屋だという目の前の男から、ある程度は黒猫について聞いておきたい。早速とばかりに質問をする。

「幹部はコードネームがあるって言ってたよな？　そもそも幹部は何人だ？」

「合計十人ですね。リーダーを含めると十一人になります」

「それぞれのコードネームは？」

「それはお楽しみということで」

「おい……」

割と重要な話だと思ったのだが、『鷹目』はニヤリと笑みを浮かべるだけだ。

シュウが眉を顰めていると、ヤレヤレと言った様子で口を開く。

「『死神』さん。私は情報屋ですよ。情報が欲しいなら、報酬が必要なのです」

「金の亡者か」

「失礼な。仕事に忠実なだけですよ」

新人から金を毟り取ろうとしているのだから、充分に金の亡者と言えるだろう。今のシュウは金に余裕があるとは言えないので、情報料を払うつもりなどない。

金が貯まって余裕ができたら情報を買おうと決意した。

「それならもういい。さっさと報酬金を寄越せ」

「つれないですね。まぁいいですよ」

『鷹目』は少し残念そうに報酬の札束が入った袋を取り出した。かなりの額が入っているので、これでアイリスと共に数か月は過ごせる。念のため、シュウは中身を数え始めた。

それを見たアイリスは感嘆の声を漏らす。

「わぁー。凄い大金なのですよー」

「確かにそうだな」

「ざっと聖騎士の給料二か月分ってところなのです」

「そう思えば確かに大金だな」

聖騎士はかなりの高給取りだ。その二か月分を一回の仕事で稼いだのだから、かなり割が良い。

とはいえ、暗殺などポンポン発生する仕事ではないので、本当に割が良いのかは微妙なところだが。

金を数え終えたシュウはそれを再びまとめて袋に仕舞う。

「ピッタリだ」

「それなら良かったですよ」

立ち上がり、部屋を出ていこうとするシュウとアイリスに向かって、最後に『鷹目』が告げる。

「私に会いたくなったら、マスターにコインを見せて伝言をお願いしますね」

その言葉を背に受けつつ、二人は部屋から出るのだった。

―3、青薔薇―

冥王アークライトにして闇組織・黒猫の幹部『死神』という側面も手に入れたシュウ。そんな彼は現在、アイリスと共に首都アルタの観光を楽しんでいた。

「シュウさん！　アレが有名な議会堂なのです！」

「外観が全て大理石で出来ているらしいな。確かに凄い」

「早く大庭園に行くのです！」

「分かった分かった」

大金を手に入れたことでシュウには余裕ができた。そこで『死神』はお休みして、アイリスとデートすることにしたのである。途中で幾つか食べ物を購入したので、それを議会堂の大庭園で食べることにしたのだ。

この大庭園はエリーゼ共和国が運営しているため、非常に広く美しい。季節の草花が茂り、泉や噴水も整備されている。ここでピクニックをするのが首都アルタでは一般的な庶民の楽しみだった。

「結構人が並んでいるな」

「やっぱり人気スポットなのです」

「期待大だな」

長蛇の列に並び、二人は入場を待つ。こうして綺麗に人が並んでいる辺りを見ても、エリーゼ共和国の民度が高いことが示される。国全体として豊かな証拠だった。議員たちによる不正が横行している部分はあるものの、基本的には良い国なのである。

エリーゼ共和国は貴族が存在しておらず、国民は平等という価値観だ。その代わり、国の統治も自分たちでしなければならない。

貴族に統治を任せれば、一般人は自分の生活のことだけを考えるだけで良いだろう。しかし、共和国においては自分たち一人一人が国家を運営していると自覚し、政治経済にも興味を抱かなければならない。だが、それは理想論である。当然、エリーゼ共和国の国民は政治経済に対して興味を持たない者も多く、その結果として議員たちの不正に気付かなかったりしている。

国民へと教育が行き届いていないのも原因の一つだ。

この辺りは非常に難しいところである。

上の立場の人間は、下克上されないように馬鹿な国民のままでいさせたい。権力を独占するため、知識も金も自らへと集約させる。真っ黒どころか、腐り切った上層部によって管理されているという側面もあるのがこの国の特徴だ。

（暗殺依頼や調査依頼も多いだろうな。黒猫を含め闇組織は大活躍って訳か。綺麗な表面の割に、中身は腐っている）

不正を行う議員たちは、法に引っかからないよう上手く操作している。結果として、暗殺による強制退場が主流となるのだ。

治安の良い国であることは間違いないものの、重要人物の暗殺は周辺国随一だった。要職であっても貴族ではないので問題になりにくいというのも拍車をかけている。議員制なので、代わりなど幾らでも用意できるのだ。寧ろ次代の要職を担うポストを身内に用意してから、満を持して暗殺するのが一般的である。

先代『死神』も大活躍だったことだろう。

残念ながら、既にお亡くなりになられているが。

「シュウさん、もうすぐなのです」

「ん、そうだな」

周囲を見渡しながら考え事をしていると、あっという間に時間が経過したらしい。もうすぐシュウたちの番だった。

そして二人の番になると、大庭園入口で受付している女性が口を開く。

「ようこそ。入場料は二百マギです」

ちなみにマギというのは神聖グリニアとその属国で使用されている共通通貨の単位だ。シュウは百マギの札を二枚渡し、その場を通り抜ける。これで二人分なので、一人あたり百マギということらしい。

ちなみに百マギとは、贅沢さえしなければ一日分の食事になる。

入場料としては手頃な金額と言えるだろう。

勿論、この入場料は大庭園を整備するための費用として利用されている。

「早くいきますよシュウさん！　目玉は庭園中央の噴水広場なのです！」

「引っ張るなよ……」

興奮気味のアイリスに引かれ、シュウは大庭園中央部まで行く。目玉の場所というだけあり、かなりの人がそこへと向かっていた。

実際に到着すると、百人を超える人々がそこに集まっていた。

だが、それでも広さを感じられるぐらい、中央広場は開放感がある。

「わぁ……綺麗なのです！」

「かなり高くまで水の上がる噴水だな。どうやってあの圧力を確保して……ああ、魔道具か」

「花も綺麗ですね。凄く香りがいいのです！」

「鳥や虫も多いみたいだ。なるほど、こうやって生態系に近い状態を維持し、管理コストを下げているのか。思ったより考えられているな」

「……ってシュウさんは何を考察しているんですか！　もっと純粋に感動するのですよ！」

「あ、悪い。ついな」

シュウは物事や現象の仕組みを考えるのが好きだ。根っからの理系だった記憶も残っている。故に素直に感動できなかったのである。

誤魔化すようにして適当な場所を指さした。

「あの辺りが空いているぞ」

「ホントなのです。早く行くのですよ！」

「引っ張るなよ……」

二人は急ぎ気味で空いている場所へと向かう。そこは草が青々と茂る場所であり、丁度目の前に噴水も見える絶好の場所だ。多くの人が行きかうので、手早く確保しなければ取られてしまうだろう。

幸いにも、その場所は確保できたので、アイリスは途中で買ってきたシートを敷き、手に持っていたバスケットを置く。途中で買った食べ物は、このバスケットに入れておいたのだ。

早速とばかりにシートへと腰を下ろしたアイリスは、感嘆の声を上げた。

「綺麗ですねー」

二十歳とは思えないほどキラキラとした目である。

尤も、シュウとしては別に構わないのだが。

「お腹もすいたし、食べるぞ」

「はいなのです。あ、口移しとかお勧めなのです！　今なら私が大サービスするのですよ！」

「いらん」

「冷たいのですー」

「それは冷たいとかの問題ではない気がする」

アイリスはやれやれ、と大げさに表現する。シュウは確かに頼りになるが、まるで女心というものを分かっていない。

「その仕草、微妙に腹が立つな」

「シュウさんはもっと私に優しくしてくれていいと思うのですよ」

「……考えておく」

「あ？　もしかして照れているのです？」

「……考えるのは止めだ」

「酷いですー」

そんなやり取りをしつつ、二人——主にアイリス——はデートを愉しむ。

しかしシュウにとっても久しぶりの休暇と言える時間だ。霊系魔物であるが故に体力的な消耗はないのだが、精神的には疲れる。

どうにかして食べ物を食べさせようとシュウの口に持っていくアイリスと、避けるシュウ。

端から見れば間違いなく熱々カップルだった。

周囲からすれば積極的な彼女と、照れる彼氏に見えたのである。

「いい二人ね」

ふいに背後から聞こえた声。

シュウは瞬時に意識を戦闘モードへと切り替える。これでも最高クラスの魔物であり、気配や魔力を消されたところで簡単に背後を取られるつもりはなかった。

だが、油断があったとはいえ気付かせないままシュウの背後を取ってみせたのだ。

警戒に値する。

「誰だ？」

振り返って尋ねた相手は少女だった。

深い青の髪と、同じ色の瞳。そして青と白のドレス。ドレスには薔薇の装飾が施されており、全身から気品を感じる。この美しい庭園に相応しい美少女だった。少女といっても、大人になりかけの色気を感じる。

だが、シュウは警戒をさらに強めた。

（こいつ、魔力を隠している。それも俺に気付かせない精度で）

無系統魔術を極めれば、それぐらいは分かるようになる。

少なくとも、目の前の美少女はシュウよりも遥かに無系統魔術に秀でた者だった。

「ねぇ、私もご一緒して良いかしら？　私、シエルというの」

花のような笑みを浮かべて問いかける。

おそらくは世の男性を必ず魅了するであろうその笑みは、太陽のような輝きすら放っていた。

普段のシュウなら『いや、ダメだけど？』とでも言って即座に断っただろう。しかし、なぜかシュウはシエルが気になった。

（なんだ、コイツ）

シュウが感じているのは既視感だ。

会ったことがあるような錯覚である。当たり前だが、シュウとシエルは初対面だ。それにもかかわらずシエルはシュウたちに声をかけ、シュウも何かを感じた。

運命の出会い、といったロマンチックなものではない。

恋に落ちたかのような感覚でもない。

寧ろ、嫌悪感に近かった。

まるで天敵にでも遭遇したかのような、本能的な違和感である。

「何者だ？」

「言ったでしょう？　シエルよ」

「知りたいのは名前じゃない。素性だ」

「あら、口説（くど）いているの？」

「殺すぞ？」

「まぁ、怖い」

シュウは確信した。シエルという女は、裏に属する人間だ。

全く魔力を感じさせないほどの制御能力は、戦闘以外で使わない。休暇中の聖騎士という線もあり得るのだが、シエルからは『鷹目』に近い雰囲気を感じたのだ。

ついでとばかりに殺気を込めて敢（あ）えて強めの言葉を放ってみるも、シエルは軽く受け流した。そんな理由でもなければ、幾らシュウでも『殺すぞ？』はない。

アイリスも何か感じたのか、警戒しつつシュウの側に寄った。

「でも、口説いているというのは間違いではないわ。私にとってはね。あなたたち、私のところに来ない？」

シエルはシュウとアイリスを勧誘するために現れたのだ。

だが、勧誘された側からすれば何のことか分からない。シュウはその疑問を提示する。

「何かの組織か？」

「そうよ。何の組織なのかは言えないわ。でもあなたたちも表じゃ生きていけないでしょ？　魔女アイリス・シルバーブレットと、そのお連れさん。冥王と言った方がいいかしら？」

後半の言葉だけ囁（ささや）くように、甘い声音（こわね）で告げる。シエルはアイリスの正体を知っていた。

それもそのはずである。

元々、アイリスは魔物と交わった魔女として裏の業界では賞金首にされていた。元から指名手配されている立場なので、当然である。シュウがイルダナの街とラムザ王国王都を滅ぼしたので、アイリスの顔は殆ど分かっていない。

しかし裏社会の情報網ではしっかりと判明していた。

やはりという納得の感情と共に、シュウは警戒を強める。死魔法でいつでも殺せるように準備もしていた。このような場所で死魔法を使うのはリスクがある。しかし、最悪は殺して逃げれば良いと考えていた。

「それが本当だとして、どうするつもりだ？　ここで殺されるとは思わないのか？」

「思わないわ。私、強いから」

「……」

シエルは自信たっぷりの表情だ。

それが虚勢か蛮勇か真実か。シュウには判断がつかない。少なくとも、シエルはシュウを冥王だと断定した上でそう告げたのだ。何か策があると警戒するには充分である。

殺気を強めつつも暴れる様子のないシュウを見て、シエルはまた笑みを浮かべた。

「本当に理性のある魔物なのね。冥王というのは」

「何が目的だ？」

「先に言ったでしょう？　勧誘よ。私たちの組織にね。私たちは勢力を拡大しているところなの。私なら、あなたにもっと強い力を与えることができるわ」

「力を与えるだと?」

力と一言で表現しても、そこには様々なものが含まれる。暴力、魔力、財力、権力、そして時には知識も力となる。

だが、シエルの言葉はそのままの意味……純粋な力を意味しているように思えた。

シエルはシュウに顔を近づけ、再び甘い声で囁く。

「あなたに魔装の力をあげるわ。魔物だから、持っていないでしょう?」

それを聞いたシュウは『鷹目』の言葉を思い出した。

最近になって勢力を伸ばし始めた闇組織・青薔薇。その青薔薇は魔装士を量産しているという話だ。話をした時は理解不能で終わったが、まさか目の前に当人が現れるとは思わなかった。

偶然か運命か、それは知るところではない。

今考えるべきことは、このシエルと名乗る少女への対応である。

「シュウさん、これ……」

「ああ」

流石にアイリスも気付いた。

そして仮にシエルが本当に魔装を与えることができるとすると、その仕組みが気になる。魔装の力か、魔術の力か、あるいは別の何かなのか。未知の力は常に脅威だ。黒猫という闇組織の後ろ盾しかない二人にとって、同じ闇組織が有する未知の力は警戒に値する。

ただ、元々シュウとアイリスは西の大帝国を目指していた。そこでは黒猫が強い力を持っているので、黒猫に入ったのは間違いではない。それに昨晩は青薔薇が量産したと思われる魔装士とも戦ったが、大した力はなかった。

「悪いが、その提案は断る」

シュウはシエルの誘いを蹴った。

当然である。魔装を与えるという未知の力だ。受け入れるなど言語道断（ごんごどうだん）である。そもそもシュウには魔法という力が備わっているのだ。無用な力を与えられ、それを楔（くさび）として主従契約でも結ばれたら最悪である。余計な力は必要ない。

それに、シュウは本能的な嫌悪感をシエルに対して感じていた。

この嫌悪感こそが最大の理由である。

「そう」

そしてシエルは思いのほか、素直だった。

「断るなら仕方ないわね。あなたが欲しかったのだけど……どうしてかしらね？　なぜかあなたを欲してしまったの。不思議よね。でもそれとは別に、私の目的のためにもあなたは欲しかったわ」

シュウが嫌悪感を抱いたように、シエルもシュウが気になっていた。

「また会いましょう」

ドレスを翻（ひるがえ）し、シエルは去っていく。

その後姿を見たシュウは、シエルの左肩から花の形をした青いオーラが滲（にじ）み出ているのを幻視した。

シエルがシュウとアイリスを見つけたのは偶然だった。

それは偶然であり、意図したものではない。だが、まるで運命に導かれるようにしてここに来た。

「お嬢様。いかがでしたか？」

「クラウス……ダメだったわ」

「しかし何者ですか？　お嬢様の目に留まるとは」

「ふふ。秘密よ」

クラウスと呼ばれた壮年の男は、気配を消してシエルの斜め後ろにいた。その自然な動きから、やり手であることが分かる。しかし、彼の武力は護身術程度であり、戦いは本来の仕事ではない。

シエルの世話こそが彼の本職だ。

つまり、彼はシエル専属の執事である。

残念ながら、クラウスはシュウとアイリスが何者か知らなかった。

「可能なら味方に引き入れたかったのだけど、仕方ないわね」

「それほどの実力者ですか……私にはただの少年と少女にしか見えませんが」

「あれでも相当な魔力を隠しているわよ。私なら見抜けるけど、普通は分からないわ。まぁ、クラウスは魔力の扱いが得意な方ではないし、気付かなくて当然ね」

「精進いたします」

「気にしないで。アレらは特別よ」

シエルの物言いから考えて、シュウとアイリスは相当気に入られている。クラウスはそのように感じた。

闇組織・青薔薇のボスの一人娘。

それがシエルの正体だ。

彼女自身がボスではない。だが、魔装士を量産する力によって、かなりの立ち位置を得ている。彼女こそが、青薔薇における魔装士の統括官だ。青薔薇に所属する全ての魔装士は、シエルの一存で動かせる。勿論、勝手なことをすればボスである彼女の父も咎めるだろうが。

「もうすぐ聖騎士が来るのよね」

「はい。すでにエリーゼ共和国には入国していると報告があります。闇組織を潰しながら首都を目指しているとか。それも王都が滅亡させられたラムザ王国を調査していた聖騎士と聞いております」

「もっと魔装士を増やさないとダメね。次の候補者は？」

「三十人ほど。非魔装士の傭兵(ようへい)や、潰された闇組織の残党を集めました。お嬢様のお力で魔装士にすれば、多少は使えるようになるでしょう」

「そうね……それなら潰されそうな組織に手を貸してあげなさい。聖騎士が潰しそうになったら、逃走を手助けするの。そのまま併呑(へいどん)しましょう。できるわね？」

「お任せください」

シエルは聖騎士の恐ろしさを理解している。

魔神教は権力、財力、武力、情報力と全てを備えた大組織だ。各地に聖堂があるので、情報網は特に侮れない。勿論、青薔薇が本拠地を構える首都アルタにも聖堂や聖騎士部隊が存在する。少しでも闇組織が尻尾（しっぽ）を出せば、たちまち殲滅（せんめつ）してくる。戦力は幾らあっても足りない。

事実、外部から訪れた聖騎士の猛威はエリーゼ共和国の裏社会を一掃する勢いだった。

エリーゼ共和国に存在するとある都市。

そこは首都アルタから南方に進んだ最も近い都市であり、商業が盛んである。故に経済的に余裕があり、金持ちの多い都市として知られていた。

だが、金が集まる所には犯罪者も集まる。

この都市には、とある闇組織の本拠地があった。

スラム街近くに存在する寂れた建物が闇組織の本拠地であり、地下空間を造って潜んでいた。各地に支部を造り、それなりの財力と顧客を持つ勢力として知られていたのである。

だが現在、闇組織は崩壊寸前だった。

「くそ！　くそ！　なんでこんなところに聖騎士が！」

ボスの男は緊急用の脱出路を走りながら悪態（あくたい）をついていた。エリーゼ共和国は闇組織が暗躍（あんやく）する国として知られており、聖騎士による監視も緩い。だから気が抜けていたのは事実だ。

しかし、警戒は解いたことがなかったし、本拠地を悟られないように工夫してきた。

こんなにもあっさり襲撃されるなど予想だにしない。

「ボス！　もうすぐ出口だ！　まずは逃げよう！」

「分かっている。覚えてやがれよ聖騎士共！」

付いてきた六人の側近と共に、ボスは地下通路の脱出口から地上へと出た。そこは殆ど人が近寄らないスラム街であり、ここから伝を頼って都市を脱出する予定になっている。

「既に連絡は行っているのか？」

「一応は。だが襲撃が急だったから、逃がし屋も遅れるかもしれねぇ。ボスには済まねぇが、今夜はここで一夜を明かしてもらうことになると思う」

「くっそ……襲撃が読めなかったのはとことん痛いな」

通常、襲撃される可能性が浮上すれば、事前に逃がし屋へと連絡しておくのが定石(じょうせき)だ。いざという時は、逃がし屋の力を借りて都市の警戒網から脱出するのである。

だが、今回は急なことで、逃がし屋の準備がない。

そこが歯痒(はがゆ)かった。

「明日の朝日が出るころには来るはずです」

「つまり太陽が俺たちの勝利条件って訳かよ。闇組織を皮肉ってんのか畜生(ちくしょう)……」

「野郎共も逃げ切れるといいんですが」

「散らばって逃げれば何とかなるだろうよ。どうせ聖騎士の狙いは俺たち幹部級……主にボスの俺だ。数の少ない奴らから逃げ切ることは難しくない」

「それもそうですね」

「畜生めが！　教会の犬め！」

苛立ちを込めるが、ここで叫んでも仕方ない。

ボスはグッとこらえる。側近たちも周囲を警戒しつつ、ピリピリとした雰囲気を放つボスに気を使っていた。

だが、やはりそれが気を逸らす原因になったのだろう。

六人の側近たちは、とある人物の接近に気付けなかった。

「情報通りだね。やはりここが脱出路の出口だったのか」

『っ⁉』

ボスを含めた闇組織の生き残りはビクリと体を震わせる。

そして一斉に声のした方へと目を向けると、カツカツと地面を踏み鳴らす音と共に闇の中から一人の青年が姿を現した。

忌々しい白の礼装を纏っており、どことなく笑みを浮かべているように見える。

「聖騎士がここに！　何故！」

「僕には情報収集に長けた優秀な副長がいてね。彼のお蔭さ」

聖騎士の返しに、側近の一人が声にならない呻きを洩らす。

それも当然だ。この場所は組織の中でも一部しか知らない地下脱出路を通った先にあるのだ。下部構成員から漏れる心配もないはず。どうやってここの情報に辿り着いたのか、見当もつかない。

魔装の力で何かしたのではないかと疑うが、それを疑い始めればキリがない。

「どうでもいい！　奴は一人だ！　倒せ！」

ボスはそう命令を下した。訳の分からないことを考えるより、今あるピンチを切り抜ける方が先だ。幸いにも相手は聖騎士一人。こちらは魔装を有する側近六名に加え、自分も魔装が使える。

これなら勝てると踏んだ。

「死ねぇ！」

「敵は一人だ。ボスを守れよ」

「はんっ……当然だ」

まずは三人が聖騎士に襲いかかる。オーソドックスな剣の魔装を持つ男が正面から斬りかかると、聖騎士は展開したレイピアでそれを受け止めた。本来、レイピアは武器を受け止めるほどの強度がない。しかし、魔装に魔力を込めたものならば、可能となる。

側近の男もこれぐらいで驚いたりはしない。

寧ろ、聖騎士ならこれぐらいやってのけると考えていた。

「甘ぇよ」

正面から斬りかかったのは囮のため。

本命はその側からすり抜けるようにして繰り出される槍の一撃である。剣の魔装使いが影になることで、槍を突き出す瞬間を悟らせない、いい連携だった。

勿論、この槍も魔装である。

しかも穂先から毒を出す魔装であり、傷さえ与えれば勝利だ。

これで勝ったと確信した。

だが、甘かったのは自分たちだと知ることになる。

「その程度かい」

「ば、馬鹿な……」

突き出された槍は、聖騎士の左手で止められた。その左手には青白い魔力光があるので、魔力障壁で受け止められたのだと察することは出来る。

だが、魔装の攻撃をただの魔力障壁で止めるなど信じられない光景だった。

そもそも、魔力とは密度の高い方が勝つ。

よって魔力の塊である魔装は一般的な魔力障壁では防げないのだ。よほど魔装使いが弱いか、魔力障壁が高性能かでなければあり得ない。

当然、側近たちは優秀な魔装使いであり、考えられるとすれば聖騎士の魔力制御と魔力量が化け物じみているということだった。

「悪くはない。だが――」

「死ねこの野郎！」

「――やはり甘いよ」

念のために備えていた三人目が背後から攻撃する。彼は置換型魔装の使い手であり、両手の爪が自在に伸びる武装へと置き換わる。それによって聖騎士の頸動脈を切り裂こうとした。

しかし、やはり魔力障壁で弾かれる。

「物騒な武器は封印させてもらうよ」

聖騎士がそう言うと、突き出された槍を弾きつつ、レイピアを強く振り抜いた。

「ぐあっ！」

「うぐ……」

剣と槍の魔装を持った二人が同時に吹き飛ばされ、その間に背後にいたもう一人の男をレイピアで突き刺す。吹き飛ばされた男二人が見たのは、倒れる仲間の姿だった。

「畜生！」

再び魔装の剣を構えようとする。

だが、それで違和感に気付いた。いつの間にか魔装が消えているのである。消したつもりはないにもかかわらず、魔装が消失していた。

それは槍の魔装使いも同じなのか、戸惑いの表情が見える。

「な、なぜだ！」

「魔装が使えない？　どうして！」

再展開しようとするも、魔力の収束すらされない。

もはや意味不明だった。

慌てる二人を眺めつつ、レイピアを引き抜いた聖騎士は告げる。

「君たちの魔装を封印させてもらったよ。僕はそんな能力者でね」

「魔装殺し……？　そんな力があるのか！」

聖騎士に対して目を見開く側近たち。

だが、組織のボスは少し心当たりがあった。敵の魔装を封じ込める魔装士殺しの聖騎士となれば、情報網に引っかからないはずがない。

「ま、まさか……」

ボスは後ずさる。

その予想が正しいとすれば、自分たちに勝ち目などない。

まさに天と地ほどの差があるからだ。

「貴様……『封印』の聖騎士セルスター・アルトレイン⁉」

それは神聖グリニアが誇る覚醒魔装士。

真なる強者にして世界最強の一角。

ボスはその予想が外れであってほしいと願った。

だが、現実はいつも甘くない。

「おや？　本国から離れた地でも僕の名は有名になっているみたいだね？」

「ほ、本物！」

「不味い！　敵うわけがない！」

事実を知った側近たちも恐怖に顔を歪める。

覚醒魔装士は規格外だ。奇跡とか偶然とか天運とかで間違って勝利を収めるということはあり得ない。もしもの可能性すら潰える存在だ。

彼らは闇に生きる者として、それを知っていた。

「そういうわけだ。大人しく捕まってくれ」

貴公子のような笑みを浮かべるセルスターがレイピアを構え直す。

闇組織・月華草のボスが捕縛されるまで殆ど時間はかからなかった。

シュウとアイリスが首都アルタに来て数か月が経った。特に何事もなくゆっくりと過ごせているが、仕事がないのは相変わらずである。

まず、住民登録がないので家を買うこともできない。仕事にも雇ってもらえない。だから定期的な収入もなく、宿代だけは積み重なっていく。

つまり、金がなかった。

「よし、稼ぐぞアイリス」

「なのです」

「いや、お前は留守番な」

「ですー⁉」

シュウの仕事は暗殺だ。これから酒場へと行き、『死神』として働くつもりである。暗殺についてはアイリスを連れていけないので、お留守番は確定だった。

流石にそれは理解しているのか、アイリスも仕方なさそうに納得する。

「仕方ないのです。大人しく待っているのですよー」

「そうしておけ」

「あ、それなら今晩もベッドを温めておくのです」

「だから寝る場所は別だ」

「えー……」

少し残念そうにするアイリスから背を向け、シュウは宿の扉に手をかける。最近はアピールも積極的になってきたので、そろそろ寝込みを襲われるかもしれないと思い始めていた。

尤も、襲われても撃退できる自信はあるが。

「今晩の内に仕事をこなす。先に寝てろよ」

「はーい」

そのまま扉を開け、シュウは宿の廊下へと出た。

今は夕食時も終わり、これからは仕事終わりの男たちが酒を浴びる時間となる。そんな時間に可愛らしいアイリスを連れ出すのは色々と目立つ上に面倒事が起きるのだ。そういった意味でも、彼女は留守番である。

今宵（こよい）、数か月ぶりに『死神』が動き出した。

黒猫が拠点にしている酒場へと向かうと、かなりの男たちが盃を呷っていた。騒ぎ合い、今日の疲れを吹き飛ばしているのかもしれない。既に酔いが回っているのか、顔を赤くしている者も多かった。

そんな中で、シュウは足音もなくマスターの目の前へと向かう。

頭に傷のあるマスターはシュウを一瞥した後、手にしていたカップを拭き始めた。

(コイツを見せるんだっけ)

ポケットから『死神』のコインを取り出し、マスターの前に置く。するとマスターはそれを受け取り、表と裏を精査した。どうやら本物かどうか確かめているらしい。

そして本物だと判断したのか、小さなメモと共に弱い酒を差し出してきた。

「読めってことね……」

小さな声で呟きつつ、シュウはメモへと目を通す。そこには暗殺対象の名前と地位、身体的特徴、報酬、あとは住所も記されていた。

このままメモを持っていきたいところだが、それはおそらくマナー違反。

仮にシュウが捕縛された場合、メモが証拠となる場合だってあるのだ。

記憶して返却するのが定石だろう。

そう判断して、シュウはメモだけ返却する。

（よかった。正しかったみたいだな）

マスターは僅かに笑みを浮かべてメモを受け取った。

忘れない内に仕事へと取りかかろうと考え、シュウは出された酒を飲み干す。それ程の量でもないため、酔うはずがない。ちなみに、シュウが酒に酔わないことはこの数か月で実験済みである。

そしてシュウは立ちあがり、やはり音もなく酒場を後にした。

まだ人通りのある夜の道を歩きながら少し考える。

（今回のターゲットも議員関係か。しかも暗殺対象は議員本人じゃなく、その娘と妻。依頼人は復讐が目的なのかな？　本人じゃなく、家族を狙うあたりが陰湿っぽい）

この国ではよくあることだ。

敵対する派閥の議員に刺客を送り、家族が傷ついたり死亡したりする。その復讐として暗殺者を送りこむなど日常茶飯事とまでは言わずともありふれた出来事だ。勿論、議員たち上層部での話だが。

（ま、こういう国柄だから闇組織が動きやすいんだろうな。金持ちの顧客が多いし、依頼も尽きない。そして片方の派閥が全滅しないようにバランス調整すれば、いつまでも儲けることができる。取り締まる聖騎士も大変だろうな）

自分のことは棚に上げて、そんなことを考える。

なにせ、そういった議員たちのドロドロした政争が繰り広げられているお蔭でシュウは儲かっているのだ。あまり文句は言えない。

「さて、夜中になるまで隠れていようか」

魔力と気配を可能な限り消し、流れるように人込みへと消える。

道行く人はシュウを見ても数秒後には忘れてしまうだろう。そのぐらい、上手く溶け込んでいた。

闇夜の暗殺劇が、再び始まる。

闇組織・青薔薇は実態不明の巨大組織だ。

その理由は、急激な成長にある。あまりにも勢いよく巨大化した組織であるため、誰も規模を把握できていないのだ。資金源、戦力、影響力の全てが不明なのである。更には多数の潰された闇組織を吸収していることも原因の一つだ。吸収した闇組織の取引ルートなどもそのまま引き継いでいるので、加速度的に規模が広がっている。

そして急成長を遂げた青薔薇のボスは、エリーゼ共和国の議員の一人だった。

「フラム議員。先日の議事録をお持ちしました」

「ああ、助かる」

エリーゼ共和国外交官の一人、フラクティス・フラム。

立派な髭を蓄えた彼こそが青薔薇のボスである。そして表向きの顔として、商人と外交官という立場を得ていた。元は豪商とも呼べる商人だったが、闇組織・青薔薇を立ち上げたことをきっかけに議員となった。今も商人ではあるが、経営の多くを信頼できる別の者に任せている。

表と裏。

それは両方を支配することで盤石となる。

片方だけでは不安定なのだ。

「では失礼します。御用があればお呼びください」

「いや、今日は頼むこともないだろう。休んでよいぞ」

「かしこまりました。旦那様も無理だけはなさらぬようにしてください」

「うむ」

フラクティスは再び部屋で一人になり、パラパラと書類をめくる音だけが響く。彼は議員として非常にまじめで、次期外交長官とまで言われる男だ。元豪商、いや現役豪商としての手腕を存分に振るっている。

そして彼には三つ目の顔として、青薔薇のボスという立場もあった。

「お父様、入ってよろしいかしら?」

「シエルか。入れ」

青の瞳、青の髪、そして青と白のナイトドレス。

今のシエルはフラクティスにも見慣れぬ姿だ。元々、彼女は父譲りの金髪だったが、今はすっかり変色している。だがそれは些細なこと。元気に動き回れる事実を彼は歓迎していた。

そして彼女は青薔薇の実質トップでもあった。

「お父様、新しい魔装士を三十人ほど増やしましたわ。資金繰りをお願いします。それと護衛依頼の大量受注もしておきました。このアルタで護衛といえば青薔薇になりつつあります」

「そうか……」

だが、フラクティスは最近の娘に恐怖心を抱くようになった。

当然だがシエルのことは愛している。

元々、青薔薇という組織はシエルのために立ち上げたのであって、フラクティスに未練はない。組織の全てを乗っ取られたとしても気にしないだろう。それどころか、自分の運営する商会ごと乗っ取られても不満はない。初めからシエルに譲るつもりの商会なのだから。

彼が恐怖を感じるのは、シエルの行動である。

「シエル……お前は最近、戦力を増やし過ぎではないか？」

「そんなことはありませんわ。だって、青薔薇は私が聖騎士にならなくても良いようにするための組織なのでしょう？　私の力が露見（ろけん）すれば、間違いなく聖騎士にされてしまいますから。あるいは、聖騎士は私を始末しようとするでしょうね。神でない人が魔装士を生み出すわけですから」

「そうだ。そのために青薔薇を立ち上げ、お前を守るために戦力を増やそうと決めた。だが、過剰に増やし過ぎではないのか？　このままではエリーゼ共和国の警備隊すら上回るぞ」

「それは良いですわ！」

手を叩いたシエルは笑みを浮かべる。

そこにフラクティスは不気味さすら感じた。

「お父様は次期外交長官ですもの。いっそ、エリーゼ共和国を乗っ取ってしまいましょう。外交官で終わらず、首相になるのです。そして青薔薇の戦力を警備隊に混ぜてしまえば、聖騎士による取り締まりも不可能になりますわ」

「シエル！　それは！」

「私の青薔薇とお父様の立場があれば容易（たやす）いことですわ」

確かに簡単だ。

いや、言うほど簡単ではないが、その可能性を充分に視野に入れることはできる。

多少の無茶をすれば近い内に国を乗っ取れる。安全策を取っても数年以内には完了するだろう。

その方法はフラクティスも容易に思い付くし、実行できるだけの下地もある。

それに、いっそのことエリーゼ共和国を乗っ取ってしまった方が安全なのだ。

魔神教は魔装士の個人所有を認めない。

国家に所属するか、教会に所属するか、魔装を一生使わないことにして平凡に過ごすかだ。

青薔薇は違法に魔装士を大量保有しているので、魔神教の粛正（しゅくせい）対象である。国を乗っ取って、国家所属と見分けがつかないようにしてしまえば安全となる。

「今はあのSランク聖騎士が来ていますもの。彼らがアルタに訪れる前に……急ぎましょう？　お父様？」

「それは……その通りだが」

「私たちがエリーゼ共和国を支配した後、残る闇組織を取り締まって吸収してしまいましょう。それで表も裏も完璧な支配ができますわ」

とてもいいことを思いついた、と言わんばかりだ。

病弱だったシエルは影も形もない。不治の病が治った反動なのだろうかとフラクティスは考える。

「ではお父様。私、準備いたしますわ。お父様も手を回してくださいね」

そう言ってシエルが部屋を出て行った後、フラクティスは溜息を吐いた。

浮かべる表情はどこか疲れを感じる。

（あの子はどうしてしまったというのだ……）

フラクティスはシエルを守り、シエルが自由に生きるため青薔薇を立ち上げた。十三歳で謎の病に侵され、五年もベッドで過ごすことになったのだ。遊びたい年頃で我慢させた。だから、彼はシエルのやりたいことを可能な限り叶えた。

（あの子の力は……一体……）

シエルが変わったのはおよそ一年前。突如として病が完治したのだ。

そしてシエルは凄まじい力を手に入れた。髪や瞳の色が変わるほどの力だ。もはやフラクティスには理解すらできない。

普通の人間と『契約』を交わし、魔装士に変える。

魔装士を生み出すなど、まるでエル・マギア神である。フラクティスも魔神教の信者であり、魔装とはエル・マギア神から与えられたものだと信じている。しかし、例外が実の娘として現れた。

（あれは神の力の一端とでもいうのか？）

魔神教を信じる者からすれば、シエルは神の力を操っているようなものだ。

青薔薇に所属する魔装士の八割以上がシエルによって魔装士となった者であり、彼らの中にはシエルを神の如く崇拝する者も多い。いや、もはやシエルを神とした新しい宗教となっている。魔神教からすれば許せる状況ではないだろう。

フラクティスは青薔薇のボスであり管理者だが、既に青薔薇という組織は彼の手から離れていた。

「教会に相談するべきだったのだろうか……いや、だが……」

彼は今、板挟みになって悩んでいた。

この国、エリーゼ共和国では暗殺が簡単に実行される。

気に入らないから暗殺。派閥の邪魔になるから暗殺。裏切ったから暗殺。役に立たないから暗殺。復讐のために暗殺。

理由は様々だが、碌な理由ではない。

だが、『死神』のシュウにそんな感情移入はない。確かに善人や無関係の人物を暗殺のターゲットにするのは心も痛むが、所詮は人間の話。魔物であるシュウからすれば『可哀想に。でも仕方ないね』で済んでしまう。

結局は他人事なのだ。

「そろそろ行くか」

今夜のターゲットは二人。

とある議員の妻と娘だ。この二人を殺害すれば、合わせて百万マギの報酬が貰える約束となっている。ちなみに、失敗して片方だけの暗殺となった場合、半額の報酬は貰えるそうだ。

ともあれ、失敗するつもりはない。

魔術を使ったり霊体化すると魔力光で気付かれるため、実体化したまま跳躍で屋敷の塀を乗り越えた。暗殺を警戒した警備兵はいるものの、魔力感知を使えば気付かれないタイミングで侵入できる。逆に魔力隠蔽（いんぺい）すれば、シュウが感知されることもない。

（よし、成功）

後は一瞬だけ霊体化し、壁をすり抜けて屋敷に入る。塀の外は通りなので警備兵による人目があるものの、塀の中に入ってしまえば幾らでも死角があるのだ。

霊系魔物としての本性が役に立つのは侵入後だったりするのである。

そして下調べなど全くしないシュウは、侵入後に虱潰し（しらみつぶし）でターゲットを探す……前に適当な使用人を確保した。

「うぐっ⁉」

「ハイハイ静かにな」

振動魔術で音を封鎖し、廊下に引き倒す。そして上から体重かけつつ使用人の体を抑え込んだ。

これで動けないだろう。加重魔術で封じても良いのだが、床が抜けると困るので止めておいた。

「この家の奥さんと娘はどこにいる？」

「な……なっ⁉」

使用人の男はそれほど地位が高いわけではないのか、質素な服装をしている。おそらく掃除などの雑用をする人物なのだろう。

「こ、答えるつもりはない！　この賊め！　誰かーー！」

「無駄だ。ちゃんと防音処置をしている」

「いぎっ⁉」

音は遮断しているが、近くで叫ばれると煩い。そこで、シュウは容赦なく使用人の左腕を折った。

一瞬の激痛の後、男の腕に鈍痛が残る。

必死で歯を食いしばり、痛みに耐えているようだった。

「早く答えてくれ。奥さんと娘の部屋は何処だ？」

「お、奥様とお嬢に何をするつもりだ……」

「そんなことを知る必要はない。早く答えてくれ。尋問は苦手でね。手加減が効かない」

「ぐぎゃああ！」

更に右腕を折られた使用人は痛みで叫ぶ。

しかし、その叫びすら誰にも届かない。

「分かった！　言うから！　言うから止めてくれ！」

早くも心が折れたのだろう。使用人はあっさりと吐いた。

「で、部屋の場所は？」

「奥様の部屋は二階だ。階段を上がって右に三つめの部屋になる。ドアにバラの刺繍が施された布飾りがあるから分かるはずだ！」

「なら娘は？」

「そのもう一つ奥だよ……くぅ……」

悔しそうに涙をにじませる使用人。

とはいえ、これは簡単に無力化されて痛めつけられたことに対する悔しさだろう。議員は貴族ではなく平民であり、使用人は仕えているというより雇われているだけの関係に過ぎない。忠誠心などなく、金だけの関係なのだ。

あっさり吐くのも頷ける。

シュウも彼の言葉に嘘はないと判断したのだろう。

「いいだろう。眠れ」

「く……あ……」

振動魔術で脳を揺らし、意識を失わせた。

そして廊下の端に寄せ、できるだけ陰になる場所へと隠す。夜中なので、廊下を他の使用人が通っても早々気付かれないはずだ。

シュウはまず、階段を目指して移動する。

別に驚くほど広い屋敷でもないため、階段自体はすぐに見つかった。二階に上がるだけなら透過で天井をすり抜ければ良いものの、使用人からは階段を基点にした部屋の位置を教わっている。それなら、初めから階段を探した方がいい。

（運よく他の使用人には見つからないな。まぁ、夜中だしそんなものか）

あの使用人も戸締りなどの見回り役だったのかもしれない。既に世間的には就寝している時間なので、恐らくは間違いないだろう。

電気のない世界だ。

自然と活動時間は太陽に合わせられる。つまり、日が沈むと割と早めに皆眠るのだ。

そんなこともあってあっさりと階段も見つかり、シュウは無音で上がっていく。

（まずは右に三つ目）

上がり切ったシュウは、右を向いてドアを三つ数えた。使用人から聞いた通り、バラの刺繍が入った布飾りもある。ここで間違いないだろう。

透過でドアをすり抜けると、大きなベッドで眠る女性の姿が見えた。

なので死魔法を使う。

生命力が魔力へと変換されて奪われ、シュウへと蓄積された。これで一人目のターゲットは始末完了である。

（あとは娘だな）

隣の部屋だと聞いたので、壁を抜けて隣へと向かうことにする。

部屋自体は先程より少し小さい程度だが、一人用の部屋としては大きめだ。流石、金持ち議員の娘と言ったところだろう。今から殺されるとも知らず、スヤスヤ眠っている。

（せめて苦しまずに殺してやるか……『死（デス）』）

死魔法を発動し、生命力を一撃で奪う。

娘は呼吸が止まり、静かな寝息も消えて完全な静寂となった。

依頼完了である。

「帰るか」

こんな夜中なのだ。報告は明日でいいだろう。

シュウは無音で屋敷を去った。

「ただいまっと」

透過で宿へと戻ったシュウは、ベッドでアイリスが眠っているのを確認する。流石にこの時間だ。眠っていても仕方ない。

シュウは眠るアイリスに近寄り、軽く髪を撫でた。

「んぅ……」

「黙っていれば可愛いのに、普段が残念だよなぁ」

ついついそんなことを口にしてしまう。

シュウもアイリスが可愛いことは認めている。それは客観的に見て事実だろう。だが、あの子供っぽい性格のせいで女としては見られない。

好意を向けられているだけに、返せないのは心苦しかった。

「ま、折角拾ったんだ。アイリスに愛想（あいそ）をつかされるまでは面倒を見ないとな」

小さく呟き、シュウは隣のベッドへと身を降ろす。

霊系魔物なので睡眠は必要ないが、眠ること自体は可能だ。朝までずっと起きているのも暇なので、意識を落とすことにする。

数秒もすれば、寝息が聞こえ始めた。

すると、それを見計らってアイリスがパチリと目を開く。

「……愛想なんてつかしませんよ。私はシュウさんに救われたのです。ずっと一緒なのですよ」

可愛いと言われたことに頬（ほほ）を染めつつ、アイリスは再び目を閉じるのだった。

―4、封印の聖騎士―

エリーゼ共和国の東にある都市。

まだ日も高いスラム街は騒然としていた。何故なら、ここにいるはずのない聖騎士がやってきたからである。狙いは当然、不正に魔装士を抱える闇組織だ。

「ぐあああ!?」

身体に幾つも穴をあけられた大男が床に倒れる。

四肢を含め、腹や胸にも複数の穴が穿たれていた。正確に急所を避けており、男は流血こそすれ死ぬことが出来ない。

「畜生……なんで魔装が使えねぇ……ぎゃっ⁉」

「魔装士は聖騎士、または軍所属でなければならない。エル・マギア神に与えられた魔装の力を一般人が自由に振るうことは許されないことだよ」

「く……そ……」

Sランク聖騎士セルスター・アルトレインは闇組織に所属する男を追い詰めていた。こうして急所を避けているのは、情報を搾り取るためである。

彼に拷問の心得はない。

だが、所詮は野良の魔装士だ。痛めつければ幾らでも情報を吐くと考えていた。

「最近、ちょっと羽振りの良い闇組織について教えてくれないかな？」

「知らねぇ。俺は実働部隊だ。そんな情報なんて知らねぇよ！」

「嘘はいけないな」

「ぎゃあああああああ！」

セルスターは魔装のレイピアを突き刺した。大男は痛みで悶える。

Bランク魔装士である大男は、自分の魔装が使えないために反撃できずにいた。こうして一方的に痛めつけられ、プライドはボロボロである。

所詮は雇われであり、闇組織に恩もない。

売れる情報があるなら売っている。

それが偽らざる大男の本音だった。

「うーん……もしかしてホントに情報を持っていないのかな？」

流石にセルスターも大男から情報を得るのは難しいと思い始めていた。

魔装のレイピアを引き抜くと、血が噴き出る。

血を流し過ぎたのか、大男もぐったりとしていた。

どうしようかとセルスターが思案していたところに、部下の聖騎士がやってくる。

「アルトレイン団長、裏が取れました。ここの組織は麻薬取引を細々と行っていた程度のようです。栽培地を抑えましたから、解決しました」

「ん、早いね」

「神子姫様の予言で冥王が潜伏していると思しき国がエリーゼ共和国だと分かっていますから。既に各教会に通達し、情報網を構築しています。そのお蔭ですね」

「なるほど。前に言ってたね」

セルスターを団長とする封印聖騎士団は冥王アークライトの捜索及び討伐任務を受けて以来、各地を回って情報を集めていた。しかし、数か月経っても成果が現れず、本国に問い合わせたのである。

結果、神子姫による予言が行われた。

そしてエリーゼ共和国に死の影が蠢いているという報告を得たので、この国で闇組織を取り締まりながら冥王に繋がる情報を集めていた。

「闇組織もかなり取り締まってきたけど、そろそろ冥王の情報が出てきていいんじゃないかな？」

「残る組織は青薔薇、赤爪、妖蓮花、火草……そして黒猫です」

「大手ばかりだね」

「小さな組織は軒並(のきな)み潰しましたから。残るは勢力が大きく、我々も掴み切れていません。特に黒猫は実態不明です」

部下の聖騎士は溜息を吐きながら語る。

今回の任務ついでに潰した闇組織は十を超えているのだ。大した力のない小組織ばかりだったが、中には中堅規模の組織も混じっていた。あたりの裏社会事情は大きく解決したことだろう。

しかし、大きな力を持つ大組織は末端を掴んだ程度だ。

すぐに尻尾切りをくらい、本体は逃している。

特に黒猫という組織は尻尾すら掴めない。

「黒猫にはボス『黒猫』を頂点として十人の幹部がいるとされています」

「らしいね」

「尤も、この情報は黒猫の情報屋『鷹目』に売られた情報ですから、正しいかどうか不明ですよ」

「身内の情報すらお金に変えるなんて……ちょっと理解できないからね」

「信憑性(しんぴょうせい)は高いと言えません」

情報を買ったと言っても、教会が買ったわけではない。

他の闇組織が黒猫に関する情報を『鷹目』より買収し、教会がその闇組織から黒猫についての情報を得たのだ。あまり信憑性が高いとは言えない。

「エリーゼ共和国で活動していると思われる黒猫幹部は先程も出た『鷹目』、そして『死神』ですね。赤爪や妖蓮花、火草も活発化しています。特に注意するべきなのは、青薔薇ですね。私たちが潰した闇組織の残党を取り込み、急激に肥大化しているようです。多数の違法魔装士を抱えているという噂もあります」

「近い内に大抗争が起こってもおかしくない……か」

「はい。それに私たちが潰した組織の残党がアルタに向かっているという噂も……」

「だとすれば、僕たちも向かおう。聖騎士が滞在するだけで、闇組織は動きにくくなる」

「どこへ……と聞くまでもありませんね」

セルスターは笑みを浮かべつつ答えた。

「ああ勿論、首都アルタ……だよ」

暗殺を終えたシュウは、翌日の昼に例の酒場を訪れていた。アイリスを伴い、カウンター席に座って『死神』のコインを置く。

すると、すぐにマスターが手に取って軽くチェックした。

コインを返却された後、札束の入れられた封筒を渡されたので、シュウはそれを受け取った。

「数えなくていいのか？」

「取りあえず纏まった金があれば充分」

「そうか」

正直、面倒だったので金は数えない。そのことにマスターは軽く溜息を吐いた。

そしてアドバイスとばかりに忠告する。

「アンタを試すつもりで色々やったが……今代の『死神』は不用心すぎる」

「……そうか？」

「普通、暗殺は報酬が先払いだ。そして報酬が足りなければ暗殺は実行しないってぐらいのスタンスが丁度いいんだよ。それに比べ、アンタは報酬は後払いでも文句言わねぇし、金も数えねぇし
……どこかで痛い目に遭うぜ？」

「なるほど」

小声の忠告は、シュウの中で大きく響いた。

確かに裏社会で生きる上で、かなりルーズな考え方をしていたらしい。折角、暗殺の仕事を終えたのに報酬が払われないなどということがあれば、困るのはシュウだ。

元々、依頼主は『死神』の暗殺技術を利用したくて金を払っている。黒猫が拠点にする酒場でも、黒猫メンバーのお蔭で大きな金が入っているのだ。

先払いを要求しても、それは正当なものだと言える。

少し考えが甘かったとシュウは反省した。

「マスターもそんなことを教えて良かったのか？」

「何、今代の『死神』は優秀すぎるようだ。少し恩を売っておけば良いと思ったまで」

「その恩、少しは覚えておこう」

シュウは頷きながらそう言う。すると、恩を売った甲斐(かい)があったとでも思ったのか、マスターもニヤリと笑みを浮かべた。

「じゃあ、軽めの食べ物と度数の低い酒をくれ」

「あ、私も同じものが欲しいのです」

「いいだろう。報酬が手に入ったのなら、ちょっと高い酒に手を伸ばすのはどうだ？」

「面白い情報でもくれるなら」

「商談成立だ」

マスターはそれを聞いて、棚からボトルを取る。そしてランプの明かり越しに中身を確かめた後、封を開いた。綺麗に磨いたグラスにそれを注ぎ、シュウとアイリスの前に差し出す。

「飲みながら聞くといい。丁度今は客もいねぇ。際(きわ)どい話でもしてやるさ」

まだ昼間だからだろう。

マスターの酒場は夜の雰囲気が良い店なので、昼間は滅多に客が来ない。今日はシュウとアイリスの二人だけだった。

つまり、裏社会に触れるような際どい話題でも、盗み聞きされる心配もない。

マスターはフライパンに油を引き、ソーセージを乗せながら話し始めた。

「最近、闇組織が幾つも潰されているのは知っているか？」

「いや」

「知らないのです」

「だろうな。潰されているって言っても小さい組織だ。知らなくても仕方ねぇ。だが、中には中堅どころの組織も潰されている。魔神教による粛正って奴さ」

シュウはグラスの酒を一口含み、マスターの言葉を吟味する。

つまり、聖騎士によって闇組織が次々と潰されていると言うのだ。なぜ、急にそんなことを始めたのかが気になる。

不正に魔装士を抱える闇組織、また犯罪を平然としてくる闇組織を粛正することは教会として間違っていないし、それ自体はおかしなことではない。

だが、幾つも潰す勢いで粛正をしているとすれば、何か理由があると考えるべきだ。

その考えられる理由の一つをアイリスが呟く。

「予言で何か不吉な結果が出た……とかです？」

「かもしれんな。何せ、Sランクの聖騎士が動いているそうだ。封印聖騎士団を率いるセルスター・アルトレイン。聞いたことねぇか？」

シュウはピンとこなかったが、アイリスは知っていたらしい。

驚いた声を上げた。

「本当なのです!?　あのSランク魔装士セルスター・アルトレイン!?」

「強いのか？」

「当然なのです。神聖グリニア本国が誇る最高の聖騎士に数えられる人物なのです。破滅級の魔物を単独討伐したなんて噂もあるのですよ」

破滅級と言えば、単独での討伐が不可能な強さの魔物だ。軍隊を編成し、数で挑んでも確実に返り討ちにされてしまう。Sランク魔装士が複数名必要な領域なのだ。

それを一人で討伐したという。

噂なので尾ひれをつけている可能性もあるが、そんな噂が立つほど強いというのも確か。所詮は噂だと楽観視するのは危険である。

「そんなSランク聖騎士がただの闇組織の粛正に……？」

シュウはそんな疑問を浮かべる。

その疑問はマスターも同意だったのか、頷きながら口を開いた。

「怪しいと思わないか？」

「怪しいな」

「怪しいのですよ！」

「だろう？」

そう言いつつ、焼き終えたソーセージをさらに乗せてシュウとアイリスの前に置く。それにアイリスがフォークを突き刺し、かじりついた。その間、シュウはマスターに問いかける。

「黒猫も狙われているってことか？」

「かもしれんな。だが、大きな闇組織は残されている。黒猫以外にも青薔薇、赤爪、妖蓮花、火草ってのが残っているな。どの組織も聖騎士を警戒しているみたいだぜ。このアルタでも裏社会はピリピリしてやがる」

「聖騎士によってどこかの組織が崩れたら、勢力を伸ばすチャンスだ。だが、聖騎士に狙われる組織が自分たちでないとは限らない。教会の目的を探るのに必死って訳か？」

「そういうことだ。特に青薔薇は聖騎士が潰した闇組織を次々と吸収してやがる。奴らはここ最近で力を伸ばしているんだが、成長速度がありえんほど早い。俺たち黒猫には関係ないが、他の組織は必死だろうよ」

「青薔薇か……聖騎士が警戒しているのは青薔薇か？」

自分にも関係のあることなので、少しだけ真剣に考える。青薔薇といえば、以前に大庭園で会ったシエルという少女が思い出せる。確定事項ではないが、無関係ではないだろう。魔装士を増やすという所業が簡単にできるとは思えない。シュウの中では、シエルと青薔薇は関係があると確信できていた。

ソーセージを口に放り込み、酒を口に含んだ。

口の中の油が洗い流され、酒の風味が残る。

丁度そこにマスターが爆弾を落とした。

「案外、もっと大きな事件でも追っているのかもな？　たとえば、ラムザ王国王都滅亡の事件とか。冥王アークライトは行方不明だって話だぜ」

「ごふっ！　げほっげほっ!?」

「おいどうした？」

「さ、酒で咽（むせ）ただけだ……」

心当たりがあり過ぎた。

冥王アークライトと魔女アイリスと言えば、魔神教が是（ぜ）が非（ひ）でも殺したい二人に挙げられるだろう。それが原因でSランクの聖騎士が派遣されているとすれば、納得できる。

同じくアイリスも目を見開いていた。

シュウとアイリスは軽く目を合わせつつ、無言で会話する。

（セルスター・アルトレイン……狙っているのは俺たちだと思うか？）

（可能性はあるのですよ）

（近い内に国を出るか……）

（はいなのです）

テレパシーでアイリスと話し合い、逃げることで合意する。シュウも王の魔物へと至り、魔法を会得するに至ったことで大抵の相手には勝てると思っている。だが、無闇に強者と戦う趣味はない。

アイリスもいるので、逃げられるなら逃げた方がいい。

そもそも、二人がエリーゼ共和国に立ち寄ったのは西の大帝国に向かうため。面倒ごとが起こると分かっているなら、留まる理由などない。

「興味深い情報を感謝するぞマスター」

「おう。俺の店も贔屓(ひいき)にな」

シュウは先程手に入れた報酬からお札を抜き取り、マスターに渡したのだった。

シュウとアイリスがエリーゼ共和国から出ようかと相談した翌日。

残念ながら二人の目論見は砕け散ることになった。今朝、神聖グリニアからきた聖騎士団がエリーゼ共和国の首都アルタへとやってきたのである。

「聖騎士様ー！」

「セルスター様だ！」

「こっち向いて！」

「手を振ってー！」

首都アルタの大通りで聖騎士団が列をなして行進していた。これは本国の正式な聖騎士団……封印聖騎士団が訪れるからこそのお祭り騒ぎ。いつも賑わっている大通りは、これまでになく人々が集まる。

だが、その一方でシュウとアイリスは少し焦っていた。

「あれが最高の聖騎士か」

「なのです」

「魔力感知だけでヤバいって分かるな。アイリスは絶対に魔力隠蔽を解除するなよ。俺やアイリスの魔力量だと注目されるかもしれないからな」

「そこまで気にする必要あるのです？」

「普段なら気にしないな」

シュウも聖騎士団が来たから注意する訳ではない。今回に関して言えば、その背景が関係している。封印聖騎士団をまとめるセルスター・アルトレインはSランク聖騎士だ。そして、恐らくは冥王アークライトと魔女アイリスを追っている。

そのために怪しい者は片っ端から調べるだろう。

魔力が多いというだけで、シュウとアイリスは目をつけられかねない。

「今回の聖騎士団訪問が終わるまでの間……首都アルタから不用意に出ようとする奴は調べられるだろうな」

「じゃあ、アルタからも出られないのです？」

「出られる……が、身分とか職業とか諸々を根掘り葉掘り聞かれるかもしれないな。そして俺たち二人はまともな職業をしてねぇ」

「あとは私でも予想できるのですよー」

アルタから逃げるとすれば、こっそりと誰にもばれないように逃げる。または強行突破する。後は聖騎士団がアルタから去るまで静かにしているか。

この三つが大まかな選択となるだろう。

だが、この三つに当てはまらない四つ目の方法もある。

「聖騎士セルスター・アルトレインと封印聖騎士団が不慮の事故で全滅したら……俺たちは安全だな」

「シュウさん……それは流石に……」

滅茶苦茶だが、アリと言えばアリである。

シュウは魔物であり、魔神教は魔物を神の敵としている。根本から敵なのだ。敵がこちらを察知しない内に、不意打ちなどで仕留めるのは理に適（かな）っていると言える。元よりシュウは裏社会に所属しているので、犯罪者に認定されたところで失うものはない。

そう思えば、理に適っている。

「ま、すぐに何かするわけじゃない。聖騎士が来たことで黒猫にも動きがある。まずはそちらの動きに合わせるぞ」

「暗殺も続けるのですか？」

「余裕があればな。まぁ、俺の暗殺方法は誰にも止められないだろうが」

「死魔法とかインチキ過ぎなのです」

「努力の成果だ。インチキとは失礼だな」

大通りの端で聖騎士の行進を見守る二人組。

その姿は裏路地の影に消えていったのだった。

聖騎士セルスター・アルトレインがアルタへとやってきたその日の夜。

黒猫が拠点としている例の酒場で『死神』と『鷹目』が会っていた。ちなみにアイリスは宿で留守番である。

「聖騎士セルスター・アルトレインのことは知っていますか」

「少しはな。神聖グリニアの誇る最高の聖騎士……Sランクの一人だろう?」

「それだけではありませんよ」

『鷹目』はグラスの酒を口に含みつつ言葉を続ける。

「彼は覚醒した魔装士ですからね」

「覚醒……?」

聞きなれない言葉にシュウは首を傾げる。

しかし『鷹目』も予想していたのだろう。

「知りたいですか? 覚醒については少し高くなりますが」

「具体的には?」

「二千万マギです」

「買えるかボケ」

流石に高すぎる。冗談かと思ったが、そうではないようだ。『鷹目』は表情一つ変えずにグラスを傾けて酒を流し込んでいる。

もう少しお手軽ならば買おうとも思ったが、これは高すぎだ。全財産でも足りない。

「覚醒は秘匿(ひとく)された情報ですからね。国家上層部クラス、または魔神教の中でも司教クラスでなければ知り得ないでしょう。それ以外の一般人は、英雄級の強い魔装士という認識ですね」

「……まぁ、ある程度は予想できる。そもそも覚醒というぐらいだ。通常とは一線を画する何かがあるってことだろ?」

「言ってしまえばそういうことですね。とても強い魔装士です」

「問題はどんな強さか……」

覚醒と言うほどだ。

並の強さとは言えないだろう。

挙げられる可能性をシュウは口にした。

「魔力の増加、魔力質の向上。この二つだけで魔装は強化される。けど、それなら覚醒とは言えない。覚醒と称するなら、魔装そのものが変質しているということ。魔物の使う魔導が魔法に変化するように。覚醒魔装士は王の魔物に匹敵する? いや、人という種であることを考えれば、流石に劣るか」

「いい線です」

「待てよ……? 覚醒によって人という枠から外れるということも考えられる。魔物は魔力によって肉体が構築されているからこそ、魔力の扱いに長けている。同じように人間も覚醒によって肉体構造そのものが変質し、人外の領域へと至る……」

「ふむ。残念ながら二千万マギは手に入りそうにありませんね」

「まぁ、覚醒したところで『王』の魔物には至らないか……その様子ではな」

それを聞いてシュウは安心した。

覚醒魔装士が王の魔物に匹敵する。ならば、シュウを超えることはない。警戒はしても、恐れる必要などないのである。

それが無料（ただ）で聞けたのだから、胡散臭い『鷹目』と会話した成果はある。

「ま、今日はセルスター・アルトレインの情報を聞きに来たわけじゃない。黒猫は聖騎士に対してどう動くのか、そんな話をしに来たんだ」

「おや、そうなのですか？」

「俺は幹部級と言っても新人だからな。何をしたらいいのか分からん」

「そういえばそうでしたね」

シュウは黒猫という組織の仕組みについてもあまり知らない。流れで暗殺を行ったりはするが、その目的も何も認知していないのだ。シュウにとって、黒猫は仕事を斡旋してくれる闇組織なのだから。

それで、この際だから『鷹目』に組織について聞くことを決めたのである。

「そういうわけだ。黒猫について話せ」

「いいでしょう。幹部割引で五十万マギでどうです？」

「自分の組織のことを組織の幹部に話すだけだろ。二十万」

「いえいえ、こちらも商売ですから。四十五万です」

「まだ高い。三十万」

「三十五万。これで限界ですね」

「いいだろう。てか覚醒については幹部割引なかったのか？」

「割引なしだと最低二億マギは請求しましたね」

「守銭奴め」

シュウは懐から金を取り出し、三十五万マギを渡した。すると『鷹目』は金を数え、ちゃんと揃っているのを確認する。その間にシュウは振動魔術で防音措置を施した。

「防音済みだ。全部話せ」

「おや、準備がよろしいですね」

互いに酒を飲み、口を湿らせる。これから長く話すかもしれないので、酒は必須だ。

「黒猫とはなんだ？」

「そうですね……強いて申し上げるなら――」

『鷹目』は少し思案してから再び口を開いた。

「――特に目的はありませんね。幹部級の者は好きにして構いません」

「は？」

シュウは『鷹目』の言葉を疑った。

これだけの影響力を持ち、力ある魔装士すら抱える黒猫が何の目的もないとは理解できない。

『鷹目』は目を丸くするシュウのために説明を始めた。

「黒猫という組織に目的はありません。幹部たちは自分たちの欲望、目的のために組織へと所属しているのですから。十人の幹部にコードネームがあるのも、それが理由です。その幹部の存在理由であり、目的を表している」

「つまり……俺たちは組織に所属している個ではなく、個の集団でしかないと？」

「はい。それこそ黒猫です。ボスである『黒猫』さんは個の集団である私たちを纏め、黒猫という組織を形にすることを目的としている。それだけのことですよ」

「ということは……」

「ええ、お好きにどうぞ。聖騎士を殺したければ『死神』としての個を振るってください。組織はそれを全力でバックアップするでしょう。逆に何もしないならば、黒猫はそれで納得するのです。黒猫に全体の利益は必要ありません。幹部級の十人が黒猫の全容であり、十の個こそが目的なのです。黒猫が擁する下っ端など、黒猫の本質ではない。雇われの下請けとでも考えてください。あるいは幹部たちがそれぞれで持つ直属の部下ですね。『死神』さんで言えば、アイリスさんにあたります」

「なるほど」

「世界各地に幹部は散らばっています。少数民族を率いる長であったり、大商会の主であったり、孤独に生きる者であったり……幹部としての形も違えば保有する配下の形も異なります。幹部だからこその特典があるのではなく、力があるからこそ幹部に選ばれるというのが黒猫のスタイルですね」

「それ、黒猫って組織の意味があるのか？」

「意味はあります。横の繋がりですよ。たとえば、私は『死神』さんに情報提供と仕事の提供をしています。これも横の繋がり……すなわち伝というわけです」

それを聞いたシュウはある意味納得する。

いきなり『死神』という立場にされた、そのフリーダムさからして普通に納得できた。つまり、黒猫にとって十人の幹部が常に必要なのだ。組織やアジトは重要ではない。十人の幹部こそ、黒猫の本体というわけである。それぞれが自分たちの目的のため、好き勝手に振る舞う。そして必要ならば他の幹部の力を借りることができるかもしれない。幹部としてのメリットはそこにある。

後は黒猫としてのブランド力だろう。

『死神』であるシュウは、死を操る存在。

死を以て目的を成す黒猫の個というわけだ。

そのブランドによって、シュウは裏社会で新人ながら割の良い仕事を手に入れることができる。今回は情報屋たる『鷹目』の力添えもあるので、それが顕著だった。

「聖騎士がいようといまいと、黒猫は好きに動きます。組織の闘争など関係ありません。個が好きなように勢力を伸ばし、好きなように振る舞う」

「だから、青薔薇、赤爪、妖蓮花、火草がどのように動いたとしても、俺たちは俺たちで好きにやっていいと？」

「ええ、自分の利益優先で構いません。幹部の利益は黒猫の利益です」

黒猫の考え方が分かった以上、三十五万マギを払った価値がある。それに、黒猫は想像以上に自由だったことも嬉しい誤算だ。

正直、いきなり『死神』という地位にされたことに戸惑っていた。何をすればいいのか分からないし、いつまで経っても黒猫と言う組織に関する説明がない。尤も、『死神』として如何様にでも振る舞っていいというのは予想外だったが。

「……覚醒した聖騎士か。数少ないSランク聖騎士」

「ええ。ちなみに私は彼の情報を調べてみるつもりですよ」

「じゃあ、俺は無視しよ」

「暗殺してくれてもいいのですよ?」

「邪魔になりそうならな」

二人はそのまま雑談しつつ、用意された酒を飲み干した。

聖騎士セルスターはアルタ大聖堂で司教と話し合っていた。彼の率いる封印聖騎士団は聖堂の奥で休んでおり、旅の疲れを癒している。実際に仕事へと向かうのは明日からだ。それにアルタ大聖堂にも所属聖騎士がいるのだ。休んだところで問題はない。
「まずはようこそアルタ大聖堂へ。『封印』の聖騎士セルスター・アルトレイン様」
「歓迎に感謝するよ司教殿」

聖堂の一室で向かい合う二人の前には温かい紅茶が置かれ、皿の上にには茶菓子も用意されている。部屋の片隅に飾られた花のお蔭で、部屋全体にいい香りが漂っていた。

セルスターは聖騎士の制服のまま、そして司教はいつもの礼服である。

「こうして封印聖騎士団が来られたのは、闇組織に関係しているとか」

「ええ、より正確には新たに誕生した王の魔物……冥王アークライトを追っているんだ。冥王アークライトは人間に近い姿をしているようでね。人の街に紛れていると考えている。そして身分のない冥王は闇組織の中に身を隠しているはず。そう考えたから闇組織を追っているのさ」

「理解いたしました」

『王』の魔物を倒すというのは、人間業ではない。魔導を覚醒させ、魔法へと至らせた存在が『王』の魔物なのだ。魔神教では魔王とも呼ばれており、決して手を出してはならない。何故なら、『王』を怒らせれば国が滅びるとも言われているからだ。

しかし、例外がいる。

『王』の魔物を倒せる可能性を持った聖騎士。

覚醒した真なるSランク。

その一人であるセルスター・アルトレインこそ、冥王を殺せる可能性を持った人間なのだ。だから司教も恐れるどころか納得していた。

「そのような極秘任務を……素晴らしいことです。エル・マギア神もお喜びになるでしょう」

「ただ、手掛かりも掴めていないけどね」

苦笑するセルスターに対し、司教は首を横に振った。

寧ろSランク聖騎士が苦戦する程の事態なのだ。非常に重い案件だと改めて考える。

「して、どうされるのですか？　こうしてアルタにいらっしゃったということは、手掛かりはなくとも心当たりはあるということで？」

「いや、そうでもないさ」

セルスターは右手でカップを持ち、そのまま口に運ぶ。

そして口当たりを愉しんだ後、コトリと音を立ててカップを置いた。

「取りあえず、闇組織を全部潰してみようかと思ってね」

彼の笑みにはどこか愉しそうな雰囲気が含まれていた。

一方で司教も笑みを浮かべる。

「それはありがたい。しかし、私からもアルトレイン様に頼みがあるのです」

「頼み事、かい？」

「はい。正確には神聖グリニアのマギア大聖堂からの伝言です。昨日、魔道具の伝文がありました。なので私からではなく、教皇猊下からの依頼だと思ってください」

「聞こうじゃないか」

セルスターから余裕の笑みが消えた。

教皇からSランク聖騎士に直接依頼という、最大級のミッションを匂わせる事態だ。言い換えれば、並みの聖騎士には対応できない最重要ミッションということになる。セルスターでも油断できない。

それこそ、『王』の魔物討伐に匹敵する任務である可能性も高い。

司教はゆっくりと、セルスターの目を見つめつつ告げる。

「猊下からの伝文はこうです。『青の花を封印せよ』……と」

「っ……⁉」

「その顔を見る限り、理解されたようですね。残念ながら私には何のことか分かりません。教皇猊下を含む、一部の上層部だけが知ることなのでしょう。アルトレイン様も含めて」

「その通りだよ。申し訳ないが、詮索は控えて欲しい。『青の花』については聞かなかったことにしてくれないか？」

「そのように伝文でも記されていました。驚きましたよ。まさか教皇猊下が直々にメッセージを下さるとは思いませんでした」

魔神教の大聖堂は、それぞれが通信の魔道具によって繋がっている。魔神教総本山であるマギア大聖堂の意志を伝えたり、予言による警告を行ったり、割と頻繁に利用される魔道具だ。電話のように音声通話ができるタイプもあれば、電子メールのように文章を送るタイプもある。タイプの違いはあれど、大聖堂には必ずこの手の魔道具が設置されており、司教は総本山からいつでもメッセージを受け取ることができるようになっている。

だが、教皇が自らメッセージを送ることは少ない。

逆に言えば、それほど秘匿するべき情報ということだ。

「ああ、すまない。忘れてくれと言ってすぐだが、『青の花』と聞いて思い当たるものはあるかい？」

「……そうですね」

司教は目を伏せ、しばらく考える。

そしてすぐに目を上げて答えた。

「このアルタで台頭する青薔薇という組織があります。多くの魔装士を抱える非合法組織です。その数は急激に増えており、数百に上るとも言われています」

「青薔薇だね。その組織のボスについて情報はあるかい？　たとえば異常な戦闘能力を有しているとか、魔物を操るとか」

「は？　いえ失礼しました。そのようなことは聞きませんね。ただ、あまりにも情報が少ないので、ボスには表向きに権力者の顔があるのかもしれません。権力を使って情報統制している可能性があります」

「なるほど。情報提供に感謝するよ」

「この程度は当然です。しかし闇組織の情報でよろしいのですか？　『青の花を封印せよ』という命令を私なりに解釈すると、何かの魔物が出現したのかと考えたのですが」

司教の問いに対し、セルスターは首を振って答える。

「これ以上の詮索は禁止だよ。足がかりとなるヒントは貰ったから、後は僕たちでやるよ。この命令は僕だけで実行する。本来、僕の部下にも知られてはいけない任務なんだ」

「それほどの……失礼しました」

「いや、しかし青薔薇という闇組織をヒントにするなら丁度いい。部下には闇組織を潰すという名目で情報を集めさせよう」

そう言ってセルスターは立ち上がる。

今回、彼ほどの聖騎士が赴いたのは冥王アークライトの情報を集め、可能ならば討つためだった。

しかし、教皇によりもたらされた任務は『王』の魔物討伐より遥かに重要である。

青の花を封印する。

それは神聖グリニアの存在理由であり、最重要任務の一つ。

一時的とはいえ、最強聖騎士の狙いは冥王から外れた。

—5、聖騎士たちの苦難—

聖騎士団がアルタにやってきたことで、闇組織の活動は一時的に静かとなった。エリーゼ共和国に残っている青薔薇、赤爪、妖蓮花、火草も覚醒魔装士は警戒しているということだ。大手の闇組織であったとしても、Sランク聖騎士は怖い。

Sランク聖騎士は一軍にも匹敵する戦力なのだから。

若干平和になった首都アルタだが、一般市民たちはそんなことを知らない。昨日も今日もいつでも平和だと思っているのだから仕方ないだろう。

「あ、シュウさん！　いつの間にか新作スイーツが追加されているのですよ！」

「ホントだな。季節の果物を使っているのか」

「これを食べますか？」

「そうしよう」

大通りに面したカフェテラスでシュウとアイリスは寛いでいた。少し前の暗殺依頼で稼いだので、暫くは暮らせる。しかし、情報を買うために三十五万マギを使っているため、少し減っている。聖騎士の滞在が長いようなら、また依頼を受けなければならないだろう。

だが、それまでは特に何もするつもりはなかった。

好き好んで王の魔物に対抗できると言われる覚醒魔装士に挑むつもりはないからだ。

「お茶は何にします？」

「いつものでいい」

「じゃあ頼むのですよー」

アイリスは店員を呼び止め、注文する。二人とも既にこのカフェの常連なので、店員とも顔見知りだ。『あらあら今日も熱いわねぇ』『ラブラブなのです』『ちげぇよ』という会話をしつつ、注文を終える。

スイーツとお茶が来るまで、二人は話しながら待つことにした。

「この国にも少し飽きてきたのですよ」

「確かに、遊び尽くした感じはあるよな」

「次はどんな国に行くのです？」

「そうだな……最終的には大帝国に行きたい。幾つかの属国を通ることになるかな？」

教会の追手が面倒なので、魔神教の影響がない大帝国は安住（あんじゅう）の地と言える。しかし、大帝国は大帝国で危険だ。実力主義的なところがあり、治安はあまり良くない。更に、大帝国の圧政が続き、属国では反乱の兆しすらあるとされている。

ただ、教会によって集中的に狙われることはない。

そういった面では安全だ。

常々狙われるのと、いつ起こるか分からない戦争に気を張り続けるのと、どちらが良いかは個人の見解によるだろうが。

「ん？」

シュウが視線を感じて目を向けると、こちらを見ている人物がいた。その人物が纏っている白い服は見覚えがある。聖騎士の制服だった。

「聖騎士……俺たちを見ているな」

「バレたんですかねー」

「いや、バレたわけじゃないだろ。俺たちの……正確には俺の持つ裏社会に染まった気配を感じたってところかもな」

「シュウさんに？」

「俺は人間じゃない。魔物を討伐し慣れている奴らだからこそ、そっちの勘が働いたってことも考えられる」

馴染んでいるつもりだが、聖騎士の眼は誤魔化せないのかもしれない。

聖騎士はカフェテラスにいるシュウとアイリスの元へと近寄ってくる。そして近づいてくる途中でシュウは彼の正体に気付く。

「あれは……例のSランク聖騎士セルスター・アルトレイン」

「あれ？　本当なのですよ」

「おかしいな。あんなパレードしていたんだからアルトレインの顔は知られているはずだ。なのに誰も騒がない。そもそも、奴があそこにいること自体気付いていないのか？」

事実、通りを歩く周囲の人々はセルスターの姿に気付いていなかった。目にすら入っていないかのように通りを歩いている。

セルスターはそんな人々の間をすり抜けるようにして歩いてくるのだ。

そして誰にも話しかけられることなく、二人が座るテーブルの前に辿り着いた。

「やぁこんにちは。いい天気だね」

「何か俺たちに用か？」

「こんにちはなのですー」

シュウは警戒しつつセルスターを見上げた。勿論、その警戒を表情に出すことはない。しかし、完全に警戒を隠せている自信はなかった。

のほほんとしているアイリスが羨ましいぐらいである。

そんな二人に対し、セルスターは優し気に話しかけた。

「ちょっと気になってね。君たちはとても魔力が多いようだから」

「……どうしてそれを？」

言い当てられたことでシュウは警戒を強める。

「簡単なことだよ。僕は認識を阻害しているんだ。これに気付くことができるのは保有魔力量の多い人物ということさ」

「なるほど。それは凄い」

そんな方法で見抜かれるなど予想できない。周囲を歩く人々がセルスターに気付かなかったのはそういう理由だったのかと納得できたが。

更にセルスターは続ける。

「そんな君たちに聞きたいことがあるんだが――」

「お待たせしました。ご注文のケーキとお茶ですよ」

そこへ店員が注文したケーキとお茶を持ってきた。店員はセルスターに気付いていないので、まだ認識阻害が働いているらしい。

「新作ケーキといつもの紅茶よ。楽しんでいってね」

ケーキを並べ、店員は去っていく。

流石にセルスターも気が抜けたのか、指で頬を掻いていた。

「どうやらタイミングが悪いようだね。またいつか会おう」

白い聖騎士の制服を翻し、背を向ける。

そして人込みの中へと消えていくのだった。

「気付かれたと思うか？」

「どうです？」

セルスターが去っていった後、シュウとアイリスは静かに話しあう。警戒するべきだと思ってい
た矢先にSランク聖騎士が話しかけてきたのだ。注目されていると考えるのは当然である。

シュウはケーキを食べながら魔力感知を実行した。

「いるな。四人だ」

魔力量の多い人物がシュウとアイリスを監視している。この魔力量ならば高確率で魔装士だ。つ
まり、聖騎士の見張りがついていると思うべきである。

目を向けると聖騎士の制服を纏った四人の男がいた。

巧妙に姿を隠しているものの、聖騎士の姿をしているのですぐに分かる。

「俺に喧嘩を売っている……と見れば良いのか？」

「どうするのです」

「殺す」

シュウは右手を出し、握りしめるようにして徐々に閉じていく。その間、魔力感知を利用して死魔法のロックオンをする。

死魔法を用意しているのが分かったのだろう。アイリスはジト目で話しかけた。

「慎重にやるんじゃなかったのです？」

「証拠は残らない。怪しまれるだろうが、それは今更だ。警告にもなるしな」

「えー……」

「どうせ証拠は残らない。注目されているなら、敵を減らせばいい。最悪、俺たちはこの都市で暴れまわっても気にしない。慎重になるべきは聖騎士たちのほうだ」

セルスターがわざわざ話しかけてきたのだ。もう、ある程度は掴まれていると思って良いだろう。

魔力量が多い人物は高確率で魔装士だ。そして軍の存在しないこの国で、魔装士はイコール聖騎士だ。仮に聖騎士でないならば、闇組織に所属する魔装士ということになる。

魔力量の多さを見抜かれたシュウとアイリスはもう要注意人物とされている。

「『死神』の足音でも聞かせてやるさ。『死（デス）』」

右手をギュッと握り、死魔法を発動させる。あらゆるエネルギーを魔力に変換して奪い取る魔法。エネルギーの消失という『死』を操る力だ。

人間に抵抗できるはずがない。

世界の法則すら超えた魔の力。それが魔法なのだから。

「やったのです？」

「ああ、殺した」

シュウの感知で魔力がゼロになったのを知覚した。生命力もゼロになって消えているだろう。何故なら、シュウが全て吸収したのだから。

「ほどほどにするのですよー」

「俺とアイリスの邪魔にならなければな」

アイリスも人間のことは見限っていると言って過言ではない。

より正確には、人と魔が混じり合うことを期待していない。特に魔神教が魔物を極端に嫌っている以上、その教義がある内はアイリスのことも理解されることはない。だからといって自分の考えを他の人々に理解してもらうつもりもない。

他者を愛する感情を持ちながら、決して人間からは理解されないシュウのため、唯一の理解者としてアイリスはあり続ける。

故に魔物であるはずのシュウを愛し、不老不死の魔装を以て永遠にシュウの側にいることを決意しているのだ。

聖騎士が死のうと、あまり気にしていなかった。

そして、この聖騎士四人の死こそ、アルタの騒乱の序曲(じょきょく)となったのだった。

聖騎士不審死事件。

昼間の大通りで四人の聖騎士が突然死した事件である。殺害されたのか病死したのかすら不明。恐らくは殺害とされているが、その方法は判明していない。

大通りの陰でいきなり聖騎士が死んだのだから、市民に隠しきることもできない。教会ではこの事件に頭を悩ませていた。

「敵の力は判明しましたか？」

「不明だよ。犯人の目星を付けているけどね」

大聖堂にある奥の間で聖騎士セルスター・アルトレインと司教が話し合っていた。この部屋には封印聖騎士団の副長や、司教の補佐官も二人ほどいる。

封印聖騎士団と教会は闇組織を探ると同時に聖騎士不審死事件も追っていた。

「アルトレイン様。それで目星とは？」

「僕は数日前からアルタを歩き回って、魔力量の多い人物を幾人かマークしていたんだ。それで調べたところ、シュウという人物が怪しいね。魔力量の多さに気付いて目をつけたんだけど、その瞬間に聖騎士が殺されたんだ。魔装の力だとすると予想がつかない。何か仕組みがあるのか……それとも」

「魔法ですな」

「ええ」

ラムザ王国王都で魔女処刑が実行されたのは教会が認知している。そして、その際に冥王アークライトが登場し、聖騎士の命を魔法で奪ったことも。

つまり、冥王には即死の魔法が使えると教会も知っていた。

聖騎士の不審死事件。

これと繋がりがないと思うならそれは無能である。

「シュウなる人物こそが冥王アークライト。そして彼の側にいる女性が魔女アイリスだろうね」

「おお！　すでにそこまで！」

「だけど！」

喜ぶ司教に対し、セルスターが制止を掛ける。

そして言葉を続けた。「街中で戦闘行為をするわけにはいかない。僕たちと冥王が戦えば、アルタは滅びるだろうね」

「そ、それは……申し訳ありません。気が逸ったようです」

「容疑者として逮捕しようとすれば、間違いなく抵抗するだろう。僕も余計な被害者を出したくはない」

「それでは冥王を野放しにするのですか？」

「監視は続けるよ。ただ、こちらも監視を察知されて尽く殺されている。遠目に見るだけでも苦しいね」

冥王や魔女と街中で戦うわけにもいかず、監視すれば察知されて殺される。

どうにかして状況を変えなければならない。

しかし、セルスターには策があった。

「だから……釣ろうと思ってね。何とかして街から引きずり出してみせるよ」

何も、方法がないわけではない。情報は掴んでいる。

セルスターは不敵な笑みを浮かべるのだった。

封印聖騎士団が首都アルタへとやってきて四日後。シュウとアイリスは大通りを歩いていた。基本的にアルタは観光地なので、歩くだけでも色々とある。例えば屋台のような出店、そしてテラス付きのカフェ、大道芸人も歩けば見つかる。

「美味しそうな匂いなのですー」

「この前食べた串焼きの匂いだな。辛口のソースが美味しかった」

「買っていくのですよ！」

「ああ」

シュウはその屋台へと向かう。アイリスは自然にシュウと腕を組み、共に屋台へと向かった。二人が屋台の前に辿り着くと、店主が陽気な口調で話しかける。

「へいらっしゃい！」

「肉串二つな」

「まいど。二十マギ」

「ほれ」

シュウがお札を渡すと、代わりに肉串を渡してくる。それを受け取りその場から去った。その途中で腕を組むアイリスの口に肉串の一本を放り込む。

「ぁむ⁉」

「おー、やっぱり旨いなー」

「酷いのですよー！」

「旨いだろ？」

「勿論、美味しさ十倍なのです！　食べさせてもらったのですよー」

アイリスは頬を緩ませながらモグモグと口を動かす。実に幸せそうだ。

「それにしても……やっぱり聖騎士はいるようだな」

「はいなのです」

「後ろに一人。振り返るなよ」

シュウは串を口に咥えながら、魔力感知で聖騎士をロックオンをする。そして串から右手を離し、何かを握り潰すように閉じ始めた。

そのまま、一気に掌(てのひら)を閉じる。

「『死(デス)』」

後ろで一人倒れた気配がした。

「きゃあああああああああああああ！」

「うあああ！　なんだ！　なんだ⁉」

「聖騎士様が倒れている！　早く救助を！」

「魔術師はいないのか！　陽魔術師だ！」

そんな叫び声が背後から聞こえてくる。

だが、シュウはチラリと背後を見ただけでそのまま大通りを進んでいくのだった。

昼間の大通り。

突然倒れた聖騎士の元にセルスターはやってきた。封印聖騎士団の部下が殺されたのだ。浮かべている表情は非常に苦々しいものである。

「これで五人目……」

「副長」

「ああ、分かっている。丁重に弔ってもらおう」

セルスターは死体となった部下に白い布を被せる。

シュウと会話した日に四人の部下を殺されている。そして今日で五人目だ。

「団長……やはりあの者が犯人です。すぐに殺しましょう！」

「何かの術を使った証拠はあるかい？」

「魔術陣どころか……魔力の痕跡すら」

「魔力の痕跡も？」

「はい」

シュウの死魔法はエネルギーを魔力として奪い取るというもの。魔力の痕跡など残るはずがない。流石にこれはセルスターを戸惑わせた。

「魔力の痕跡すらないなんて……一体どういう……」

シュウが冥王だと仮定して、想像以上の力を持った相手なのではないかと予想する。魔力の痕跡を残すことなく人を殺すなど信じられないことだ。魔装にしろ魔術にしろ、特別な力を使うと魔力が残る。それを辿り、解析することで力を行使した者を特定できる場合があるのだ。よほどの使い手ならば痕跡を誤魔化すこともできるが、完全に消すことはできない。

つまり人間業ではない。

冥王が人を即死させる魔法を操ることは既に知られている。魔女アイリスを処刑する際、冥王アークライトが現れて聖騎士を即死させたからだ。それが伝わり、神聖グリニア本国でも冥王の力は把握しているのである。

これらの情報から、シュウこそが冥王アークライトであることを確信していた。

人を即死させる力など、そうそうあるものではない
「もう私には我慢できません団長！」

「分かっているよ。僕としてもシュウという人物をこのまま襲撃したいほどさ。だけど、この街中で戦うつもりかい？」

「そ、それは……」

「奴らは初めから僕たちに対してアドバンテージを取っている。僕たちが街の中で奴らを襲撃できないと分かっているから堂々と歩いているのさ。そして僕の部下を殺しても平然としている」

セルスターも悔しい。

そして部下の聖騎士たちも我慢の限界といった様子だった。

だが、聖騎士ともあろう者が感情に流され、被害を拡大させるようなことがあってはならない。

激しい怒りを抑えつつ、セルスターは副長に語りかけた。

「あの作戦を早く仕掛けるしかない」

「はい。準備を進めております」

「他の闇組織はどうだい」

「元から聖騎士四人が不審死を遂げたことで活発化の傾向を見せていました。そして今日のことで更に……その……」

「そうだね。特にどこを注意するべきかな?」

「赤爪です。あそこは魔装士による戦力が多いですから、直接的被害が出るかもしれません。あとは火草も少しだけ」

闇組織・赤爪。

ここには暗殺者が所属しており、違法魔装士も多く所属している。エリーゼ共和国の議員たちは、この赤爪に暗殺を依頼することが多い。ちなみに同じ闇組織・火草も暗殺を得意とする組織で、赤爪とは仲が悪い。

その赤爪も封印聖騎士団がやって来たことで暗殺依頼を控えていたのだが、四人の聖騎士が不審死を遂げたことで活発さを取り戻しつつある。今日、五人目の犠牲者が出たことで聖騎士など大したことがないと考え始めたのだろう。

再び暗殺が横行しようとしていた。

「丁度いい。手順は分かっているね？　頼むよ副長」

「かしこまりました」

副長は意味深な笑みを浮かべつつ、深く頭を下げたのだった。

―6、副長の策―

エリーゼ共和国の首都アルタ。その表通りにある大きな建物が闇組織・赤爪の本拠地だ。闇組織だけにスラム街にでも本部がありそうなものだが、大組織だけあってそんなことはない。とある商会を隠れ蓑にエリーゼ共和国へ根を張っているのだ。

「おいおい……こーんなに依頼が溜まってるぜぇ？」

そう言って手に持った書類を投げたのはボサボサの髪を伸ばした男だった。ひょろりと背が高い痩せ型であり、目が充血している。

「まぁ、厄介な聖騎士共がいたから依頼を控えていたし……仕方ないのでは？」

「うっせーなぁ……あんな野郎どもにビビるなよ」

「いや、ビビりますよ。Sランク聖騎士ですよ？　あの聖騎士」

「ああ？」

「凄まなくて良くないですか？　ボス」

気味の悪いボサボサ髪の男こそ、赤爪のボスだった。

そしてデスクに座り、書類仕事をしているのが補佐役である。血色の良い少年のような見た目だが、その通りの歳ではないのだろう。そうでなければ、大手の闇組織・赤爪ボスの補佐役などできない。

「僕が組織を回しているお蔭でボスも勝手に動けるんですよ？　感謝してくださいよ？　ね？」

「うるせぇよ。俺は赤爪の頂点に座り、殺しができれば満足なんだ。面倒は請け負う気にならないな」

「それってただのダメ人間――」

「何か言ったか？」

「いえ、ボスは最高だなーと」

「はっはっはぁ！　だろぉ？」

赤爪のボスは下品な笑い声を上げる。

丁度そこへ、ノック音が響いた。そして扉を開き、部屋へと入ってくる。

「失礼しますよ。ボスもいらっしゃるんですね」

「あ？　てめぇか。依頼でも持ってきたのかよ」

「まぁ、その通りと言えばその通りです」

「なんだその含んだ言い方は？　見せやがれ」

入ってきた男は依頼書をボスへと手渡す。荒っぽいボスにも教養はあるのか、文字はしっかり読める。そして内容を吟味し、野蛮な笑みを浮かべた。

「なるほどなぁ……こいつはいい。最高だ」

「ボスならそう言うと思いましたよ」

男は肩をすくめる。

そして尋ねた。

「どうするんです？」

「上手くやるさ。コイツはチャンスだぜ？　逃す方がどうかしてる」

ボスはデスクワークをしている補佐役に依頼書を投げた。空気抵抗で舞いつつも、綺麗にデスクの上に落ちる。補佐役はそれを手に取って読み始めた。

「えー、何々？」

補佐役は依頼書を読みかけて眉を顰める。

何故なら、これは赤爪に対する依頼書ではなかったからだ。

「何かの間違いですか？　これって火草に対する依頼の内容ですよ？」

「ああ、だがチャンスだろう？　本来、闇組織への依頼情報は別の組織にまわって来ねぇ。極秘の情報だからよぉ」

「ええ。裏をかけば火草に壊滅的被害を与えられそうです。依頼が依頼だけに。しかし火草の邪魔をすると依頼主に恨まれますよ？」

「火草の野郎共を潰せるなら安い恨みだぜ」

補佐役は依頼書をデスクへと置き、この依頼書を持ってきた男に尋ねた。

「この情報は何処で？」

「諜報役の奴が頑張ってくれたって訳。まぁ、諜報手段については俺も知らないな。あいつらの持つ特別な伝手や技術は仲間にも明かしちゃくれないってのは知っているだろ？」

「念のために裏を取っておきましょうか」

「あ。それは俺の方で取っておいた。だから持ってきたんだ」

「仕事が早くて素晴らしいです」

補佐役がデスクに置いた依頼書にはこのように書かれていた。

『魔物討伐任務中の聖騎士暗殺を依頼』。

アルタの外で聖騎士がデモンストレーションの魔物討伐をするので、その際に聖騎士を暗殺して欲しいという依頼だ。闇組織と繋がっている議員が依頼主だろうが、詳細は書かれていない。

聖騎士が白昼不審死を遂げたことで、世論では聖騎士に対する不信感が広がりつつある。それを払拭するために魔物討伐に乗り出す。

そして情報によれば、ここに聖騎士セルスター・アルトレインは参加しない。

絶好のチャンスというわけだ。

闇組織を排除する聖騎士を邪魔だと考える議員にとって。そして聖騎士を殺害し、裏社会で名声を高めたい火草にとっても。

「ボス、指示を」

「ああ、奴らの仕事に横槍を入れてやれ。聖騎士の壊滅の名誉は俺たちのもんだ！　んでもって、火草の奴らに致命傷をくれてやる」

ボスは不敵に笑みを浮かべるのだった。

同時刻、アルタの大通りから少し外れた場所にある酒場でとある会合が行われていた。その場所は防音が施された特別な部屋であり、盗聴への対策を完璧に施している。

円卓に集まったのは四人。

彼らの前にはグラスが置かれ、非常に高価なお酒が注がれていた。

「コイツを見てくれ。どう思う？」

「あ？　罠か？」

「裏は取ってある。それにチャンスだ」

用意された資料を読んだところ、そこには非常に興味深いことが書かれていた。

「アルタ周辺の魔物を聖騎士が大規模討伐。それを暗殺しようと計画する火草。更に火草の仕事に妨害を入れて、聖騎士排除の名声をも得ようとしている赤爪。いい情報じゃないか」

「赤爪の奴らも俺たちが更に横槍を入れようなんて思っちゃいないだろうさ」

「これは我ら妖蓮花の一人勝ち……だな」

彼らは怪しい笑みを浮かべる。

そして彼らの内の三人が、残る一人の方を向いて言葉を待った。

「ククク……妖蓮花ボスとして告げる。奴らの邪魔をしてやれ。俺たちは麻薬取引で大きなシェアを持っているが、これで暗殺市場にも手が出せる。やってやろうぜ！」

四人は自分たちの輝かしい未来のために、グラスをぶつけて乾杯するのだった。

闇組織が動く。

その情報を目ざとく集めてきたのは『鷹目』だった。そして金蔓（かねづる）になると思った『死神』をいつもの酒場に呼び出したのである。いつもの仮面で目と鼻を隠し、中々に怪しい姿をしている。表通りを歩けば警備員に呼び止められるのではないかと思うほどだ。

「というわけで如何ですか？　今なら二百万マギで情報を売りましょう」

「だから高い。俺の資金も無限じゃないんだよ。一人養っているから余計にな」

「はいはーい。養われている人なのですよー！」

いつもの酒場で個室を借り、シュウが防音の魔術を使っている。元から防音の部屋でもあるため、特に騒いでも問題はない。

「俺が聖騎士を五人殺したからお前も調査がやりやすくなったんだ。闇組織の情報も方々に売って儲けてるんだろ。タダで言え」

「横暴ですね……」

「じゃあ、今日の酒は奢ってやるから言え」

「……精々高い酒を飲みます」

「交渉成立だな」

値段が高い酒はアルコール度数が高いのでそれほど多くは飲めない。油断ならない仕事をしているので、『鷹目』も酔わない程度にしか飲まないだろう。

つまり、シュウの勝ちである。

「で、動いている組織は？」

「赤爪、妖蓮花、火草ですね」

「ほぼ全部じゃん」

「ほぼ全部なのです」

「青薔薇以外は全部ですね。まぁ、どの組織も聖騎士に嵌められているようですが」

『鷹目』は一口だけ酒を含み、しっかりと舌で転がしてから喉を通す。その後、再び口を開いた。

「事の始まりは聖騎士が一度に四人も暗殺された事件です」

「俺じゃねーか」

「シュウさんなのです」

「その通り。『死神』さんが始まりですよ。そしてあっさりと不審死を遂げた聖騎士は、市民から不信を覚えられます。これは教会として許せないのでしょう。信頼を取り戻すために、大規模な魔物討伐をすることになりました」

これについてはアイリスが一番納得できた。これでも元聖騎士なのだ。教会の面子(めんつ)を保つために振り回された経験もある。

今回の件もその一環だろうと考えていた。

「運良くと言いますか……アルタの近くに魔物の巣が見つかりましてね。毒飛竜(ワイバーン)が群れで生息しているようです」

「毒飛竜(ワイバーン)といったら……」

「天竜系の魔物なのです。中位級(ミドル)なのですよ。でも空を飛ぶ上に毒使ってくるから注意が必要なのです」

「よく知っていますね。まぁ、中位級(ミドル)とは言え飛竜ですから、デモンストレーションにはピッタリということです」

「なるほどなぁ……」

シュウも感心するが、ここまではまだ序論でしかない。本題は別だ。

「話は変わりますが、エリーゼ共和国は議員の争いが激しい。そして議員たちは闇組織を利用し、自身の利益を高めたり邪魔者を消したりしている。例えば、特定の闇組織を融通する代わりに、賄路をもらうとかの。まぁ、『死神』さんもよく知っておられると思います」

「暗殺依頼は受けたからな」

「ええ。だから議員の中には、闇組織を取り締まる教会や聖騎士を毛嫌いする者もいるのです。今回、そういった議員たちが火草に依頼を出しました。魔物の大規模討伐を行う聖騎士団に襲撃をかけ、暗殺するという依頼を」

「抱えている魔装士が多いのは赤爪と火草だったか。なんで火草なんだ？　何なら、今は青薔薇の方が魔装士が多いだろ」

「あの組織……火草は聖騎士に先代ボスを殺されていますからね。その怨みを晴らすチャンスだと考えたのでしょう。青薔薇はどちらかといえば新興組織ですから、知名度やブランド力は火草の方が上です。尤も、近い内に青薔薇へと取って代わるでしょうね。その焦りもあって、火草は絶対に失敗できない依頼。かなりの戦力を出してくるでしょう」

闇組織・火草は大手の闇組織として有名だが、実を言うと先代ボスが聖騎士によって殺されていた。そのため、火草のメンバーは聖騎士に恨みを持つ者が多い。二つ返事で依頼を受けたのが目に浮かんだ。そしてライバルとして台頭している青薔薇に対抗するためにも。

そしてシュウも注目していた青薔薇に動きはない。それはそれで不気味だった。

ただ、『鷹目』の話しはこれで終わりではなかったので、シュウは青薔薇のことを一旦忘れる。

「そして次にこの情報は赤爪へと流されました」

「流された？」

「ええ。教会の手によってわざと、赤爪へと流されました。赤爪と火草は暗殺や殲滅を得意とする闇組織ですからね。領分が似ていますし、お互いに邪魔だと思っているでしょう。赤爪がこの情報を掴んだらどうなるのか……わかりますね？」

「横槍を入れて火草の戦力を減らす。そして聖騎士も殺す。そうするだろうな」

「ええ。そうでしょう」

簡単な予測だ。世間知らずのシュウでも分かる。

だが、事態はこれに収まらない。

「もう一つここで情報です。教会は妖蓮花へとこれらの情報を流しました。聖騎士を襲撃しようとしている火草について、そして横槍を入れようとしている赤爪についてです」

「なら妖蓮花も？」

「ええ。今度は聖騎士、火草、赤爪の戦力を一網打尽（いちもうだじん）にしようとするでしょうね」

「ややこしい話だ……」

シュウは酒を口に含みつつ整理する。

『鷹目』の話を信じるなら、大手の闇組織は一網打尽にされようとしている。聖騎士団による毒飛竜（ワイバーン）討伐を囮に三つの闇組織主力を誘い出し、セルスターが一気に叩くのだ。

情報ではセルスターは街に残るということだが、それは嘘だろう。

認識阻害をする方法も持っていたようなので、何かしらの方法で隠れて待ち伏せしているはずだ。

もしくは別の方法でもあるのかもしれないが、それはシュウの知るところではない。

しかし、解せない点もある。

「闇組織は教会の作戦に気付いていていないのか？　『鷹目』が気付いたということは、他の組織が気付いていてもおかしくないと思うんだが」

「ああ、それについては私が原因ですね」

「お前が？」

「はい。少しばかり情報操作して、教会の思惑通りになるよう仕組みました。私が得意とするのは情報収集だけではありません。情報操作もお手の物です」

『鷹目』は少しだけ得意げにそう話す。

しかし、だとすれば恐ろしい相手だ。『鷹目』に部下や伝がどれだけあるのか知らないが、大手の闇組織を相手に自在な情報操作を行っている。敵に回したくない相手である。

故にシュウは尋ねた。

「そんな操作をして何が目的なんだ？」

「表向きは黒猫の敵となり得る大手闇組織を潰すこと。ですが本音を言えば――」

途中で言葉を切り、唇を舐める。

そして気味の悪い笑みを浮かべながら言葉を続けた。

「――本音を言えば、楽しいからですよ。自分より強い者たちを掌で踊らせるのが」

「趣味悪いな」

「完全に悪役の顔なのです」

「私の勝手ですよ。文句を言われる筋合いはありません。特に邪魔だからと聖騎士を速攻殺す人には。それに聖騎士セルスター・アルトレインは何かを隠しているようです。青薔薇に探りを入れ、個人的に何かしようと考えているみたいですね。それを知りたいという個人的な理由もあります」

「本当に個人的だな」

「それが黒猫という組織です。言ったでしょう？」

言い返せないので、シュウは代わりに酒を飲む。弱めの安酒なので、誤魔化しにもならなかったが。

代わりにアイリスへと視線を向けつつ口を開いた。

「俺にとってはコイツだけが大切だ。個人的な俺の思惑のため、俺も殺す」

「あ、今のってもしかして告白なのです？　私はいつでもウェルカムなのです」

「聖騎士だろうが農民だろうが、俺の前には等しい」

「あれ？　無視なのです？」

「気まぐれに死を弄ぶ人ならざる者。それが『死神』なのだろ？」

「シュウさん？　スルーは酷いのですよー」

アイリスが茶々を入れてきたが、シュウの言葉は『鷹目』も納得できるモノだった。互いにコードネームに応じたアイデンティティーがある。そこに文句はない。十人の幹部による個の集合こそが黒猫という組織なのだから。

『鷹目』は笑みを浮かべつつ、左手で仮面に触れる。

「では『死神』さん。死を弄ぶ貴方は、今回の情報を得て何をするおつもりですか？」

「そうだな……」

「私としましては、是非ともSランク聖騎士と『死神』の戦いを見てみたいものですが……」

「見物料取るぞ」

「払いますよ？　一千万マギで如何ですか？」

「え？　ホントに？」

「嘘偽りなく本当です」

シュウはちょっと揺れた。

冗談のつもりだったが、一千万マギと言われると心が動きそうになる。

それを察したのか、アイリスも尋ねた。

「受けるのです？」

「ちょっと悩ましいな。一千万は魅力的だ」

少し考えてから、シュウは答える。

「百万を現金。残り九百万を金塊(きんかい)で寄越せ」

「ええ。宜しいですとも。明日には用意しますので、お受け取り下さい」

「早いな」

「何事も早さが命ですよ」

『鷹目』は仮面の下で楽しそうな目をするのだった。

翌日、シュウが『鷹目』から百万マギと九百万マギ相当の金塊を受け取った後、教会の大聖堂奥で聖騎士団がミーティングを開いていた。

封印聖騎士団は勿論、アルタ大聖堂に所属している聖騎士もここに集まっている。当然、司教や司祭たちも出席していた。

「ここに封印聖騎士団副長が集めてくれた情報がある」

会議の議長役も担っているセルスターが口を開いた。すると、全員が配布された資料へと目を落とす。

「副長が上手く情報を操ってくれたみたいだからね。恐ろしいほど予定通りだよ」

「いえ、私などまだまだ。それに、これが私の役目ですから」

封印聖騎士団ではセルスターが団長として力を振るう象徴となり、副長が聖騎士団を上手く運営している。更に、作戦実行においては立案から下準備まで、全て副長が手配していた。

謙遜した口調だが、かなり優秀なのである。

「僕たちは囮となり、毒飛竜（ワイバーン）討伐に向かう。勿論、そこで毒飛竜（ワイバーン）の巣を潰してもらう予定なんだけど、僕はその場に行くことができない。聖騎士セルスター・アルトレインはアルタに残ってることになっているからね。詳しい話だけど……」

セルスターはとある方法で戦場に乗り込む予定だ。そして聖騎士団を襲う火草、聖騎士団と火草を襲う赤爪、聖騎士団と火草と赤爪を襲う妖蓮花が見えた時点で結界を張る。これがもとより予定していた作戦だった。

しかし、ここまでセルスターが説明したところで、副長が手を上げた。

すかさず名指しする。

「どうしたんだい副長？」

「いえ、実は新しい情報がありまして、それで少しばかり作戦を変更したいと思います」

「新しい情報だって？」

そんな話、セルスターすら知らなかった。つまり、本当についさっきにでも仕入れた情報なのだろう。他の聖騎士や司教、司祭たちも驚いていた。

ざわざわとした空気の中、副長は立ちあがって説明を始める。

「黒猫の『死神』がやってくるようです。団長を仕留めるために」

ミーティングの場が一気に騒がしくなった。『死神』と言えば、黒猫に所属する正体不明の暗殺者。何度も代替わりしており、捕縛(ほばく)しても殺害しても新しい『死神』が出現する。一部では『死神』を育成する機関が存在するのではないかとも予想されているが、実態不明のままだった。

そんな暗殺者がSランク聖騎士を狙っているというのである。

驚かないはずがない。

しかし、副長の話はそこで終わらなかった。

「ですが、これは大きなチャンスです。調べたところ、黒猫の『死神』こそがシュウという人物であり、冥王アークライトなのです！　更に、処刑されるはずだった魔女アイリスも一緒にいます」

これは驚愕すべき事実だった。

まず、シュウという男は聖騎士五人を殺した犯人の最有力容疑者として上げられている。そして教会としてはシュウが冥王アークライトと同一人物ではないかと疑っていた。

どういったルートで情報を仕入れたのか不明だが、副長の言葉はこの場に衝撃を与えたのだ。

新たに出現した王の魔物と、教会を裏切った魔女。

その二人を討伐するチャンスだと気付いたのである。

「素晴らしい情報だよ副長。流石だね」

「この程度……当然です」

「謙遜しすぎさ。みんなもそう思うだろう？」

「その通りですよ副長」

「これが封印聖騎士団の副長か……とんでもないな」

「恐ろしき情報力だ」

副長はやはり謙遜するものの、セルスターを始めとして皆が口々に褒める。

そして新たに『死神』と魔女も討伐対象へと盛り込み、作戦を練り直すことにする。だが、具体的に冥王を倒す方法などありはしない。

「さて、冥王を倒すとなると僕がやるしかないね。『王』は覚醒した僕以外には倒せない」

「そうなります」

罠に嵌めて火草、赤爪、妖蓮花を潰すことになったとはいえ、多数の魔装士が襲ってくると予想できる。対して聖騎士は毒飛竜（ワイバーン）と戦った後に奇襲される側だ。その上で冥王が襲撃してくるとなると、想像以上の乱戦となる。

聖騎士側の死者も多数でるだろう。

これはセルスターとしても見逃せない。

聖騎士たちは綿密（めんみつ）な作戦を練るため、その後も議論を続けた。

聖騎士たちの作戦会議が終わった後、セルスターは解散を命じた。作戦に備えて体を休め、魔力を回復させるためである。

だが、副長だけは呼び止めた。

「副長、君には少し相談事があってね」

「作戦の打ち合わせとは別件のようですが……どうしたのですか？」

「作戦が決行される日、僕はまずアルタで待機することになった」

「はい、そうです」

「僕は待機している間に青薔薇を潰そうと考えているんだ。青薔薇の拠点、そしてボスの情報は君が調べてくれたからね」

副長は目を大きく開いて驚いた。

今回の作戦を遂行するにあたって、青薔薇にも多少の情報は流している。だが、青薔薇は乗ってこなかったのだ。警戒したのか、それとも別の理由があるのかは不明である。しかし、残念ながら青薔薇だけは殲滅できそうにないと考えていた。

その青薔薇をセルスターが一人で潰すというのだから驚かないはずがない。

「正気ですか団長？　青薔薇は戦力もその他の規模も不明でしたから、直接潰すのを避けていたはずです。いくら団長でも一人では……」

「僕の実力を疑うのかい？」

「違います。一人では包囲力に欠けます。所属する下っ端を逃がす程度ならともかく、ボスや幹部クラスの人物を逃がしてしまう可能性が非常に高いと申しているのです」

副長はセルスターの実力を疑ってはない。

Sランク聖騎士とは聖騎士最強を意味する称号。そして最強にのみ与えられる二つ名『封印』までも与えられているのだ。多少大きな闇組織程度に後れを取るとは思わない。覚醒した魔装士とは、それほどまでに圧倒的な存在なのである。

ただ、所詮は一人。

正面から攻め込んでも、青薔薇という組織は尻尾を巻いて逃げることだろう。裏社会に属する組織とはいえ、最強聖騎士の名声は届いている。戦って勝てると考えているような愚か者がボスなら、強大な組織となる前に別の組織によって潰されているはずだ。

つまり、セルスターならば負けることはないと副長も理解している。だが同時に、決して最良の結果は得られないとも提言しているのだ。

「君の言っていることも分かるよ」

「でしたら団長……」

「言ったはずだよ。分かっていると。ちゃんとした策があるから君に相談したんだ」

「……そういうことですか」

納得した副長は溜息を吐いた。知略に長けていると自負しているが、冷静でなかったことを自覚して自己嫌悪したのである。

改めて考え直せば、セルスター・アルトレインほどの男がその程度のことに気付かないはずがない。しっかりと理由があってのことだ。まともに話を聞く前に団長の言葉を否定したことを彼は恥じた。

「君にも冷静になれないことはあるんだね。初めて知ったよ」

「私も人間ですから。お恥ずかしい」

「気にすることはないよ。僕は君の実力を買っている。だから相談したんだ。さて、青薔薇について色々教えてくれないか」

「ええ勿論」

副長はどこからともなく、複数の紙を取り出した。それらを机に広げ、説明する。

「まず青薔薇という組織ですが、その歴史は意外と浅いようです。そして情報操作が非常に上手く、また複数の闇組織を取り込んでいる影響で多くの伝を有しています。最も注目するべきなのは、保有する魔装士の戦力です。推定ですが、百から二百名はいるでしょう」

「一つの軍隊だね」

「その通りです。しかし、全ての魔装士がここにいるわけではありません。青薔薇は各地に魔装士を派遣して傭兵のような活動をしています。残念ながら、時間が足りずに取引先の詳しい情報までは分かりません」

「珍しいね。君が調べきれないないなんて」

「あまりにも膨大でして」

セルスターは副長がどのような手段で情報を集めているのか知らない。また、セルスターの前から姿を消している時間も長く、作戦前などに現れる程度だ。本来は団長を手助けして書類仕事や交渉事をこなすのが副長の役目なのだが、彼はそれをしない。ただ情報収集と作戦立案、更には情報操作だけをこなしている。

たったそれだけでセルスターが側近と認めているのだ。

その副長ですら、収集しきれない情報。

これこそ、セルスターが珍しいとこぼした理由である。

「ともあれ、取引先については後でじっくりと調べれば良いでしょう。団長が求めている情報は、こちらだと思いますが」

副長が見せたのは、青薔薇のボスとその娘のデータである。

調査の難しい部分をサラリと突き止めてしまうので、やはり彼は優秀である。

「青薔薇のボス、フラクティス・フラムは商人であると同時に議員でもあります。次期外交長官としての立場を持っていますので、証拠さえあれば正規の手段で検挙可能でしょう。しかし問題は娘です」

「娘だって？　この資料には十八歳と書いてあるけど問題が？」

「この娘の力で魔装士にしてもらったという情報が」

「なんだって？」

魔装とはエル・マギア神より与えられるもの。人の手で生み出されるものではない。それが魔神教の考え方だ。

魔装を与えるという少女は見逃せないだろう。

セルスターの眼光が鋭くなった。

「どういうことだ？」

「先程も言った通り、青薔薇は百を超える魔装士を有しています。いくら闇組織でも、それほどの魔装士を揃えることはできません。これも逆説的にフラクティス・フラムの娘、シエル・フラムの力を証明しています。ただ、詳細は不明です。力を与える魔装なのか、何か別の力か、あるいは単純に世に埋もれた魔装士を集めることができただけか……」

「確かに、この娘は危険だね。でも逆に言えば……」

副長は頷く。

「そういうことです。この娘さえ殺せば、おそらくは」

「青薔薇は壊滅も同然だね。野良の魔装士など、後からどうにでもできる。でも、魔装士を生み出すというこの娘だけは確実に」

「殺しましょう」

「ああ」

二人の意見は一致する。

青薔薇を潰すということは、シエル・フラムを殺すこと。

それならば一人で足りる。

「しかし副長。君はよくぞこれほどの情報を集められたものだね。どんな方法を使っているんだい？」

「私にも色々と秘密の伝があるんですよ」

「ははは。まるで異端審問官だね。そちらに異動するかい？」

「遠慮しておきます。私は死ぬまで、あなたの側近ですよ」

「そうかい？」

どこか会話に違和感を覚えたセルスターだったが、気のせいだと考える。

彼の思考はシエル・フラムを始末することだけに注がれ、副長の妖（あや）しい笑みに気付かなかった。

―7、光と闇の衝突―

エリーゼ共和国の首都アルタ近郊で毒飛竜（ワイバーン）の巣が見つかったという情報はすぐに市民にも広がった。だが、意外にも混乱は少ない。毒飛竜（ワイバーン）と言えば、天竜系の中位級（ミドル）であり、討伐にはDランク以上の魔装士が必要となる。

個体としても強力な魔物が巣を作っているとなれば、普通は混乱が広がるだろう。

しかし、教会は聖騎士団の派遣を発表したのだ。現在はSランク聖騎士セルスター・アルトレインがやってきているということもあり、余剰戦力が生じている。なので、アルタ大聖堂に所属する聖騎士を派遣することが可能なのだ。

そのことを知った市民たちは、安心したのである。

また、出立（しゅったつ）の時に行進を披露したことも要因の一つなのだろう。

「ボス、情報は正しいみたいですぜ？」

「『封印』の聖騎士はやはりいないか？」

「ええ、確認できません」

「よし……それなら作戦続行だ」

「了解ですボス」

闇組織・火草のボスは静かにほくそ笑んでいた。先代のボスを聖騎士による粛正で殺され、彼らの組織はずっと教会を恨んできたのだ。今回のことは、その復讐に使える絶好の機会。

初めはSランク聖騎士セルスターを警戒していたが、その本人はアルタに残るという。市民を安心させるために、最高戦力は残しておくというのが教会の発表だった。

「愚かな奴らだ。戦力は使ってこそ正しい。使わない金が紙切れなのと同じだ。そうだろう?」

「仰(おっしゃ)る通りで」

火草のボスは鼻で笑いながら側近に同意を求める。すると側近も同じ考えだったのか、ニヤリと笑いながら肯定した。

確かに、中位級(ミドル)程度であっても、大きな戦力を前線に回すのが定石だ。相手が人間ならば温存するのも良いが、今回の敵は魔物。あまり温存など考えなくともよい。それに一般市民からすれば中位級(ミドル)は死を覚悟する相手なのだ。むしろ最高戦力で一気に叩き潰すのが正解である。

だからこそ、ボスも側近も鼻で笑った。

「配置はどうだ?」

「既に完璧ですよ。俺たちが願った復讐です。部下共も気合が入っていますよぉ?」

「クックック。最高だ」

「出て来た聖騎士の数は三十人。俺たちの戦力はCランクからAランクまでの魔装士が五十人。しかも毒飛竜(ワイバーン)との戦いで疲弊(ひへい)したところを突きますから、確実に勝てますぜ」

余裕の表情を浮かべる側近に対し、ボスは同意しつつ頷く。

まさかこれが教会による罠だとも知らず、そして赤爪が横槍を狙っているとも知らず、二人はグラスに注いだワインで乾杯するのだった。

表通りに面した、とある建物の最上階での話である。

アルタからそれなりに離れた小さな森。

そこに毒飛竜(ワイバーン)の巣があった。そして聖騎士三十名は既に魔装を展開し、気配を消しながら巣へと近寄っていた。

更に、それを遥か遠くから観察する大きな集団もあった。

「ケケ……どうだ?」

「思った通り、奴らは巣に向かってますなー」

「馬鹿な奴、ケケ」

火草の魔装士をまとめる役を買ったのが、Aランク魔装士ゴールディだった。だが、彼には性格的問題がある。戦いが始まると彼はいつも興奮してしまい、指揮官としての立場を忘れてしまうのだ。そのため、大抵の場合は補佐役がついている。

そして遠距離を知覚できる魔装士が聖騎士を観察し、相手が疲弊するまで待っていたのである。

「そろそろ戦いが始まるっぽいっすなー」

「そうかぁ?」

「魔術陣が展開されていますな。多分、上位魔術」

補佐役の男がそういった瞬間、遠くで爆発音が響いた。恐らくは炎属性第七階梯魔術、大爆発（エクスプロージョン）だろう。これは広範囲に爆発を引き起こす魔術であり、発動できる者は聖騎士でも意外と少ない。

基本的に、魔術というのは高等技能とされている。

魔力を使って強制的に世界を改変する技能であり、イメージが重要とされている。正確には、魔力という意思伝達素粒子によって思考が世界に投影され、それが魔術として発現する。発動段階で展開される魔術陣は、世界が理解できる形にした人間の思考。

大きな魔術を使うほど、とんでもない思考力と思考速度が必要になる。それを補うための詠唱であるため、これが発達すれば楽にはなるだろう。

とはいえ、現段階では上位魔術を使えることとは、イコール秀才なのだ。

そもそも高位の魔術を扱えるほどの魔力量があれば、確実に魔装を持っている。ならば魔術よりも先に魔装を鍛えることになる。その理由もあって、高位の魔術の使い手は少ない。

「ケッ！　教会の奴らは良い身分だよなぁ？　最新の魔術を使えてよぉ」

「魔術師の研究も全て提出を義務付けていますから。ま、国に登録している魔術師限定ですけどなー」

魔術師は学者の面も強い。

魔術について研究し、より簡単に魔術を発動したり、既存の魔術にアレンジを加えて扱いやすくしたりと、様々な研究をしている。そして、神聖グリニアとその属国では、魔術師の研究が提出義務として課されているのだ。

つまり、闇組織が魔術を研究することには意義がある。

そうすることで、大きな力を獲得できるからだ。

意外と、魔術の世界はまだまだ先が残されている。上位魔術の更に上、極大魔術、戦術級魔術、戦略級魔術となれば、下手な魔装士よりも力になる。戦争のためにも魔術研究は必須なのである。

そういう意味で、魔術の研究成果を集約している神聖グリニアは効率的と言える。

「おやおや!? 毒飛竜も残り八体ですなー」

「さっきの上位魔術のお蔭かぁ？」

「そうみたいっすなー。でも、今ので毒飛竜にもばれた？ っぽい？」

「ケケケ！ 毒飛竜が飛んでやがるぜ！」

遠くでは八体の毒飛竜が飛翔し、赤紫の炎を吐いている。この炎弾には毒が含まれており、炸裂と同時に毒素を空気中へと散布する。それ故、毒飛竜を退治するには風を操る力が必須とされている。

もしくは、遠距離から一方的に毒飛竜を倒せる力が必要だ。

「準備しやがれ。包囲網を構築しろ」

「分かりましたよゴールディさん」

「ケケケケケケ。宴の始まりだぜ！ なぁ、お前らぁ！」

『おおおおおおお！』

小さな歓声が上がり、火草の魔装士たちはそれぞれの魔装を展開した。

これから先代ボスの仇を討つ。

彼らの頭にはそれしかなかった。

まさか、自分たちが監視されているなどと思ってもいなかったのだ。

かなり離れた場所で、シュウとアイリスは全てを観察していた。そこは大きな樹木の上であり、シュウもアイリスもその太い枝の上に立っていた。

毒飛竜と戦う聖騎士団。その周囲に展開して包囲網を形成する闇組織・火草。更に別の場所からそれを観察する闇組織・赤爪。最後に薬物で臭いや魔力反応をできるだけ消して高みの見物を遂げようとしている闇組織・妖蓮花。

場は完全に整っていた。

「まさか『鷹目』のやつ……ここまでやるとはな」

「凄いですねー」

「まだ戦いが始まっていないのに混戦模様ができあがっている」

こうして混戦しているからこそ、四つの勢力が逃げずに争う状況になったのだろう。流石にこれだけの魔装士がいるのだ。揃っている闇組織の中には、周囲に色々な魔力が点在していることを察知している者もいるはずである。

しかし、あまりにも混戦状態なので、逆に疑う余地がないのである。

敵の闇組織の魔力すら、味方の別部隊だと勘違いしているのだ。

「あれが一人のもたらした情報で引き起こされたとなると恐ろしいな。ある意味『死神』より怖いぞ」

「なのですー」

そう言うシュウもまんまと金で釣られているので、あまり強くは言えない。そして、『鷹目』はこれだけの組織を手玉に取っているのだ。最悪、シュウたちも騙されているか重要な情報を隠されていると考えた方がいいだろう。

だからこそ、魔力感知も届かない距離で観察していたのである。

「それにしても不思議なのです。なんで円形の水で遠くが見えるです？」

「空気と水では光の屈折率が違う。それを利用して、遠距離の光景を眺めることができる。本来はガラスとかでやるんだけど、上手く二つのレンズを使うとこんなこともできる。水を操る結合魔術と移動魔術の応用だな」

「サッパリわからないのですよ」

「だろうな」

正確には光を操る振動魔術でピント調整や反射調整もしている。

だが、どうせアイリスには理解できないので敢えて何も言わなかった。

「火草は既に包囲網を完成させている。南東には赤爪、東側に妖蓮花。そして北からは俺たち。他にも組織があるかもしれないな？」

「シュウさんでも感知できないのです？」

「まぁ、最悪の場合に対応できる魔法って手段がある。大抵は大丈夫だろ」

シュウの持つ死魔法は様々な応用が利く。何故なら、生物を殺す力ではなく、エネルギーを完全に奪い取る力であるからだ。

魔力すら、殺せる。

「あの真っ黒の魔術は使わないです？」

「暴食黒晶（ベルゼ・マテリアル）のことか？　使うかアホ。俺らも巻き込まれるわ」

「確かにそうですねー」

「俺が使うとすれば斬空領域（ディバイダー・ライン）の方だな。始原魔霊（アルファ・スピリット）に進化したお蔭で制御力も上がったし、範囲も広がって使いやすくなっている」

だが、シュウはあまり戦うつもりがない。力を見せるとすれば、聖騎士団の切り札セルスターが現れてからである。

火草、赤爪、妖蓮花の三つを誘い出してSランク聖騎士セルスターが一網打尽にする。

それが今回の作戦で最も重要な部分だ。

そしてシュウの狙いはセルスターのみ。

他の闇組織には興味がない。

だからこそ、聖騎士団と三つの闇組織による三つ巴（どもえ）の戦いはアイリスに任せるのだ。

「風の第八階梯、大放電（ディスチャージ）を使え。まだ実戦での使用はしていなかったはずだ」

「あれですか？　うー……失敗するかもしれないですよ？」

「それならそれでいい。今回は実験だ。それに、規模を広げるために俺も手助けする。失敗はない」

第八階梯とは極大魔術と呼ばれる大魔術だ。広範囲で高威力な電流を流すのが大放電（ディスチャージ）である。そして、シュウは電子操作でアイリスを助け、効果範囲を広げようと考えていた。

「……そろそろか」

シュウは遠くに目を向け、水で出来たレンズを調整した。ピントが合い、遠くで聖騎士に襲いかかる火草の姿が見える。既に毒飛竜（ワイバーン）は全て力尽きており、大量の血が流れていた。

別の場所へと視点を移せば、赤爪が隙を窺い、更に妖蓮花がもっと大きな視点で隙を窺っている。

「乱戦が始まる。アイリスは詠唱を始めろ」

「はいです」

アイリスはシュウの言葉に従い、まだ一度も実戦使用したことのない大放電（ディスチャージ）の詠唱を始める。すると、アイリスの頭上に青白い魔術陣が浮かび上がる。魔術陣は徐々に複雑化していき、巨大な紋様を描いていった。

ただ、極大魔術とまで言われる魔術は発動に時間がかかる。

その間、シュウも右手を翳（かざ）して分解魔術の用意をする。これによって分子結合から電子を抽出し、アイリスの助けとするのだ。その右手の先から青白い魔術陣が発生した。

「アイリス、落ち着けよ。電気を発生させるのは電子だ。雷とは意味の分からない現象じゃない。電子が暴れまわり、空間を蹂躙(じゅうりん)する姿を思い浮かべろ」

「――はいっ！」

「詠唱には意味がある。それを感じ取り、思い浮かべ、思考に乗せろ」

魔力とは通路だ。

自分の思考を乗せて運ぶパイプである。

同時にエネルギーの形でもあるため、それを魔術に応じた形に変えなければならない。アイリスはそれに集中している。

（それにしても……）

シュウは同時発動させている遠見の水系魔術で混戦中の場所を眺めつつ、とある人物を探した。

（セルスター・アルトレインの姿が見えない。作戦上、奴は必ず現れるはず。あいつは……一体どこに隠れているんだ？　仮に認識阻害にしても強すぎる）

姿の見えないSランク聖騎士に、シュウは不審さを感じるのだった。

シュウの探すセルスターが見つからないのは当然だった。
何故なら、彼は毒飛竜(ワイバーン)の巣が見つかった森ではなく、首都アルタに留まっていたのだ。見つかるはずがない。

そしてセルスターは目的を果たすため、自らの気配を魔装で封印しつつ移動していた。

(なるほど。これがフラクティス・フラム議員の屋敷。豪商という側面もあるのは事実みたいだね。とんでもない豪邸だ)

最強聖騎士たるセルスターは、その働きに見合った給金を貰っている。また忙しさから金を使う機会も少なく、実はかなりの金持ちだ。余った金を使って神聖グリニアの首都マギアに豪邸を構えているのだが、彼の豪邸よりもフラクティス・フラムの豪邸の方が大きい。

(あるいは、違法な手で獲得した資金かもしれないね)

フラクティスの屋敷は青薔薇の本拠地でもある。だが、本拠地といってもここに魔装士が集められているわけではない。商人としての手腕から、フラクティスは自宅を情報集積所として扱い、それを各地に散らした魔装士に依頼として振る形を取っている。つまり、屋敷にいる魔装士は自衛のための少数のみ。

流石に百を超える魔装士が詰めているわけではない。

セルスターの魔力感知でもそれはすぐに分かった。

(僕の目的、シエル・フラムと思われる魔力はなし。相応に巨大な魔力を持っていると思ったんだけどね。それとも隠しているのかな?)

シエルの魔力が感じ取れない理由として考えられるものは二つ。

一つはここにいないという単純なもの。

もう一つはセルスターの感知能力すら上回る隠蔽能力によって隠されているというものだ。

後者だった場合ならば目視で見つけるだけだが、前者の場合は厄介である。この広いアルタ全体を探さなければならないのだ。

（まぁ、青薔薇のボスに聞けば分かることだね。父親でもあるみたいだから）

騒ぎにならないよう、セルスターは気配と姿を封印したまま屋敷に踏み込む。門番も二人いたのだが、彼らはセルスターに気付かなかった。

他者の認識という、ある種の概念を封印するセルスターだけの特別な隠遁術である。

堂々と侵入したセルスターは、広大な庭を歩く。その間も魔力感知は欠かさないが、やはり標的と思われるシエルは見つからない。また次点の標的であるフラクティスは一般人であり、魔力感知では見分けがつかない。

「副長がいて良かったよ。僕だけだったら、余計な時間がかかっていた」

そう呟き、少し上を見る。

セルスターが見つめるのは屋敷の正面側にある大きな窓の一つ。屋敷の三階であり、角度的に中の様子は分からない。しかし、その部屋がフラクティスの執務室であるということをセルスターは知っていた。

基本的にフラクティスは議員であり、豪商。デスクワークが主な仕事である。つまり固定の仕事場所があるのだ。それさえ分かれば、後は簡単である。

セルスターはその場で跳躍し、三階にまで到達した。更に魔装のレイピアを発現し、窓を綺麗に切り裂いて中に侵入したのである。

窓側に背を向けて仕事をしていた男は、驚いて椅子から転げ落ちる。

「な！　なっ……！」

「やぁ。君がフラクティス・フラムだね。僕は聖騎士セルスター・アルトレイン。『封印』の聖騎士と言えば分かるかな？」

フラクティスの特徴は豊かな金色の髭。

驚いて声も出せない男にぴったりと当て嵌まる。

「これより青薔薇のボスを検挙する。大人しく捕まってくれるね？」

その言葉に観念したのか、フラクティスは力を抜いて項垂(うなだ)れた。彼はそれなりの歳であるし、そもそも戦ったことなどない。最強の聖騎士から逃げられるとは思わなかった。

あっさりと認めて観念したのはセルスターにとっても拍子抜けだったが、順調であることに文句はない。

魔装のレイピアを振るい、フラクティスの両手に封を施す。

これは封印能力を利用した呪印であり、手錠のようなものだ。手首に封印の紋章が浮かび、その紋章同士が引き合う。まるで強力な磁石のように。

「ボス！　大丈夫ですか！」

「入りますよ！」

そしてガラスが割れた音で護衛の魔装士が入ってくる。たった二人ではあるが、青薔薇のボスを警護するだけあって実力者だ。ランクで言えばAといったところである。一万人に一人の才覚である。

　しかしセルスターの前では雑魚同然だ。

　膨大な魔力で肉体を強化したセルスターは、ただ素早く動いて斬りつける。その際に封印の力を発動し、魔装と魔力を封じ込めた。

「馬鹿な……」

「すんませんボス」

　ついでとばかりに肉体の動きも封じられ、二人は倒れる。まさに一瞬だった。

　それを見てフラクティスは完全に諦めた。

「ふぅ。邪魔が入ってしまったね。さて、僕の目的は一つ。君の娘だよ」

「っ！　シエルをどうするつもりだね！」

「捕らえるつもりさ。どうやら君の娘が青薔薇の要らしいからね」

　そこまで言われれば、フラクティスも状況を理解する。つまり自分は、これから娘の居場所を吐かされるのだ。拷問か、薬物か、あるいは魔装か、その手段は分からない。しかし、このままでは娘であるシエルも同じように囚われてしまうだろう。

　セルスターは捕縛と言っているが、フラクティスはそれを信用していなかった。

「私は……娘の居場所を言うつもりはない」

　彼にとって娘とは人生の全てだ。

　不治の病を患っていた娘のためなら、あらゆる投資をした。そして一年前、病の完治と共に娘が得た不思議な力を教会によって利用されないため、青薔薇という組織を立ち上げたのである。

魔装を他者に与える能力。

もしもそれが世間に知られたなら、教会はシエルを利用するか、最悪の場合は処刑する。フラクティスにとって特に後者は避けるべきことだ。青薔薇はシエルのためだけにある。そして自分はシエルのために、負担を強いられつつも青薔薇のボスを務め続けた。

このようなところで全てを無に帰すわけにはいかないのだ。

「死ぬがいい。最強の聖騎士！」

フラクティスはここで魔装を使った。

彼もシエルの力で魔装を得ていたのである。セルスターはフラクティスの魔力が小さいことを感知で知っていたので、彼が魔装士であるとは予想もしていなかった。事実、フラクティスの魔力は隠蔽されていたわけではなく、本当に小さい。それでも魔装を使えるのには理由がある。

それは、彼の魔装が『自殺』の魔装だからだ。

自らの命を使って発動する一度きりの魔装。残る命を魔力に変換して発動する魔装。

その効果は、みちづれの死。

たった一人だけ、自分と一緒に殺すことができる。最強にして最低の魔装だった。ただ娘のために命すら使う。フラクティスのそんな覚悟と決意が生み出した変則的な魔装である。

「これはっ⁉」

セルスターは驚き魔装のレイピアを振るおうとするがもう遅い。

不気味な黒い腕のようなものがフラクティスの体から無数に飛び出す。そして黒い腕はセルスターの体を雁字搦(がんじがら)めに縛った。これでは武器を振るい、封印することもできない。

力が抜け、セルスターは膝を突く。

黒い腕は増え続け、セルスターは全身を包まれた。

もはや口を開くこともできない。

数秒か。

あるいは数分か。

最強の聖騎士は時間の感覚すら失う。

(油断した……まさか……)

死したフラクティスは全身から黒い腕を放出し、その体が見えなくなっている。

セルスターはまだ生きているが、全身を黒い腕に包まれ、その体が見えなくなっている。

そして突如として黒い腕は消えた。

絨毯の上に倒れる青薔薇のボスと最強の聖騎士を残して。

森で毒飛竜(ワイバーン)を無事に討伐した聖騎士たちは、体を休めるために休憩していた。だが、そこに五十人の魔装士が襲いかかる。
聖騎士に襲いかかった火草は、不意打ちを仕掛けたつもりだった。

しかし、今回の作戦は聖騎士が仕組んだ罠でしかない。掌の上で踊らされているとも知らず、罠の入り口へと飛び込んでしまったのである。

聖騎士は休憩したふりをしつつ、周囲を警戒していたのだ。

「かかったな！」

そう叫んだ聖騎士の一人が魔装を発動させる。彼の魔装は珍しい領域型の魔装だ。領域型とは、特定領域に効果を及ぼす力を持っている。彼の能力は泥を操る力だ。

地面がぬかるみへと変貌（へんぼう）し、火草の魔装士たちは一瞬で足を取られてしまう。だが、聖騎士団は彼の魔装を利用するために、初めから魔道具のブーツを履いていた。これを履いていると、足場の悪い場所でも自在に動くことが出来るのである。

「かかれ！」

『おおおおおおおおお！』

三十人の聖騎士たちが、火草に攻撃を開始する。泥によって動けなくなった火草の魔装士は、既に的でしかない。あっという間に数を減らされてしまった。

初手から挫（くじ）かれたこともあり、あっという間に士気は低下する。

「畜生……なんで！」

「逃げろ逃げろ！」

「聖騎士の野郎……なんて汚い奴らだ！」

「クソ！　足が沈んで動けない！」

「助けてくれええええええええ！」

所詮は団体行動も苦手な闇組織の魔装士。

普段から訓練を積み、人数を生かす連携すら習熟している聖騎士団に勝てるはずもない。まして、足場の悪い状況ではなおさらだ。

あっという間に火草は人数を減らしてしまった。

「まさか俺たちの襲撃がばれていやがったのか⁉」

「ゴールディ様！　このままでは！」

「うるせぇ！　分かってんだよそんなことは！」

ゴールディは己の魔装である短剣を投げて聖騎士を攻撃する。彼の魔装は武具型と造物型の複合と呼ばれており、短剣を魔力の限り連続生成できる。

これを利用した投げナイフが彼の攻撃手段だ。

しかし、足場が悪くて狙いを付け辛く、威力も出にくい。更に動けないせいで、いつ魔術の的になるかも分からない。

流石のゴールディも焦っていた。

「クソが！　撤退だ！」

己や組織の誇りと命を天秤にかけ、後者を選択する。こういった判断ができるからこそ、ゴールディは性格の悪さがありながらリーダー役を与えられたのだ。

状況判断は的確なのである。

しかし、ここまでしておいて逃がす聖騎士団ではない。

「逃がすな！　ここで全滅させる！」

戦いを有利に進めている聖騎士団の士気は高い。現に、まだ聖騎士には一人の犠牲者もいないのだ。どれほど一方的な戦いなのかよく分かる。

それでも火草はせめてゴールディを逃がそうと行動した。

「燃えやがれやクソ聖騎士！」

「吹き飛べぇぇ！」

「おら死ねよ！」

火草の魔装士は、それぞれの魔装で聖騎士の追撃を妨害しようとする。ここまで追い詰めておきながら大怪我をするのは聖騎士側も面白くない。なので、決死の攻撃は聖騎士の追撃を緩める結果となった。

「今ですゴールディさん！　早く逃げてくれ！」

「わりぃ。お前らも達者でな！」

今回の襲撃は大失敗だ。その事実に苦い顔をしつつ、ゴールディは逃走を図る。魔装の投げナイフで聖騎士を牽制(けんせい)しつつ、どうにかルートを確保しようとした。

そして、遂に隙が生じる。

「そこだ！　行くぞ！」

「おう！」

「援護してやる!」

ゴールディと、近くにいたAランク魔装士の仲間が共に戦いの外へと逃げだそうとする。足場がぬかるみになっているせいで進みは遅い。だが、もうすぐ抜けられそうだった。

そしてあと数歩で抜けられるといったところで、ゴールディは仲間に向かって叫ぶ。

「このまま西に逃げるぜぇ！　そっちの支部で合流だ！」

「いいぜ！　生き残れよ！」

「後で絶対奢れよゴールディ！」

そして三人はそこで三手に分かれようとした。バラバラに逃げることで、追跡を逃れようと考えたのである。だが、それは甘い。

戦いの興奮で、三人は別の場所から飛んできた矢に気付かなかったのだ。

「ひがっ⁉」

「えぎゃ⁉」

「が……」

三本の矢が同時にそれぞれの頭を射貫き、その場で倒れる。

すると、少し奥にある木々の隙間から弓矢を持った男が現れた。

「いっちょ上がりですぜボス」

「いいねぇ。俺たちもカーニバルといこうじゃねぇか！　なぁ？」

『おおおおおおおおおおお！』

ここで現れたのは闇組織・赤爪。

更に、そのボスまでも直々に登場した。

彼は深紅の鉤爪(かぎづめ)が魔装であり、熱によってあらゆるものを切断する。

「まずは泥沼が邪魔だよなぁ？」

赤爪ボスがそう言うと、氷を操る魔装を使う部下が地面の泥に向かって冷気を放った。すると、泥中の水分が一気に凍結し、地面が滑りやすくなる。聖騎士団は魔道具のブーツがあるお蔭で問題ないようだが、火草の魔装士は更に混乱へと陥(おち)った。

「行くぜ野郎ども！」

そして赤爪ボスが先陣を切り、混戦する戦場の中へと飛び込んだ。まずは凍った泥に囚われている火草の魔装士を、目に映る限り鉤爪で切り裂く。熱を纏い、よく切れる鉤爪にかかれば、防具すらも抵抗なく切り裂くことが出来た。

防具系の魔装を使っている場合は弾かれることもあったが、その場合は水の魔装を使う部下が窒息させたりする。不意打ちを喰らった火草は既に瓦解(がかい)していた。初めは五十人もいたが、生きている者はもう数名程しかいない。

「殺せ殺せ！　聖騎士を殺せ！」

「名を揚げるチャンスだ！」

「火草は虫の息だぞ。一人も逃がすんじゃやねぇ！」

「祭りだ！　血祭だ！」

血の気が多い赤爪の魔装士たちは、死を恐れることなく聖騎士に立ち向かっていく。一方で、聖騎士たちには疲労が現れ始めていた。

予定よりも闇組織の魔装士が強く、苦戦していたのである。聖騎士になるためには、最低でもBランク魔装士でなければならない。だが、闇組織・赤爪は奇襲を成功させたことで士気も高く、犠牲を出さないためには防戦するしかない。

聖騎士団にとって、今回の作戦は闇組織を殲滅させる重要な作戦。そして囮としてやってきた三十人の聖騎士たちは、死ぬことのないように厳命されている。

「我らには魔道具のブーツがある。足元は気にするな！」

「三人一組を崩すなよ。奇襲には注意しろ」

「あの魔装は赤爪のボス！　気を付けろ。奴は素早い！」

三人一組で背中合わせとなり、死角を消して応戦する。やはり数では負けているので、死なないように戦うならば防戦を選択するしかない。

ただ、これは不可解なことでもあった。

通常、防戦を選択するのは援軍を期待してのことだ。援軍や伏兵（ふくへい）がいるならば、防戦にも意味はある。だがしかし、そうでないならばいずれ敗北してしまう。そのため、赤爪の一部の者は周囲に援軍の可能性を考えていた。ちなみに伏兵の可能性は初めから頭にない。

彼らは、これが教会の仕掛けた罠だと知らないからだ。

それ故、不可解さにも気付かなかった。

「押せ！　潰してしまえ！」

「俺たちで聖騎士をぶち殺してやるぜ！」

援軍の可能性を考慮する以上、早急な作戦遂行が必要だ。赤爪は奇襲で火草を潰し、その流れで聖騎士を討伐しようと考えたのである。赤爪のボスが前線で戦っている以上、士気も最高だ。もう、気合だけで戦えるレベルとなっている。

だが、ここで再び流れが変化した。

「なんだぁ……？」

初めに異変を察知したのは赤爪ボスだった。彼は野獣のように五感が鋭く、空気中に漂う異臭に気付いたのである。それが、薬物によるものであることもすぐわかった。

裏社会に通じているだけあって、何の薬かすぐに理解する。

（こいつは麻痺毒……！）

だが、ボスの体に不調はない。この程度の麻痺毒ならば、既に耐性がある。強力な麻痺毒ならば効いてしまうのだが、そういった薬物は量を揃えるのが難しい。

とはいえ、そこそこの麻痺毒といってもこれだけの範囲に散布できるほどの量を揃えることができる相手は限られている。特に、中堅以下の闇組織が壊滅した今は。

「ちっ……妖蓮花の奴らも関わってやがるのか！」

麻薬を始めとした薬物に特化しているのが、闇組織・妖蓮花だ。

この辺り一帯に散布されたのは、そこそこの効力を持つ麻痺毒。量を揃えることのできる毒物としては、かなり強力な方である。赤爪ボスのように、毒への耐性を付けている者ならば問題なく耐えられるだろう。だが、ここにはそうでないものも多くいた。

「く……体が！」

「畜生！　なんだよこれ！」

「敵の攻撃じゃない⁉　誰だ！」

「体の動けないものを守れ！　流石に薬は想定していない！」

既に壊滅状態の火草、士気の高い赤爪、そして聖騎士団ですら薬物による攻撃は想定していなかった。いや、聖騎士団は可能性として考慮していたが、量を揃えるのが難しいと判断して切り捨てたのだ。

如何(いか)に薬物に長けた妖蓮花がいるとしても、この範囲に散布できるほどの量となれば、目立った動きも生じてしまう。だが、妖蓮花は教会より一枚上手だったようだ。教会ですら、妖蓮花の持つ薬物の取引ルートを監視しきることができていなかった。

というよりは、『鷹目』が上手く情報操作していたのが実情だ。

その結果が、これである。

「く……ははは！　馬鹿な奴らだ」

「一か所に固まってくれるなんてなぁ？」

「麻痺毒の良い的だぜ？」

「動けなくなったから、これで本当に的だってか？」

「違いない。さ、やろうぜ」

妖蓮花の魔装士たちが、周囲の木々の間から現れた。そして下品な笑みを浮かべつつ、動けなくなったり動きが鈍った火草、赤爪、聖騎士団の魔装士を眺める。

今日のために妖蓮花が用意した麻痺毒は膨大だ。そして妖蓮花の魔装士は麻痺毒に対抗するための薬物を予め摂取している。

よって妖蓮花の魔装士は麻痺毒の影響を受けないのである。

「かかれ！　俺たち妖蓮花の勝ちだ！」

聖騎士、火草、赤爪を全て出し抜いたと考えている妖蓮花は一斉に飛びかかった。そして麻痺で動けなくなっている聖騎士を優先して殺そうとする。

そして、妖蓮花の魔装士が倒れる聖騎士の一人へと剣を突き出し――

「させん！」

「ぎゃあああああああ!?」

その魔装士の右腕が斬り飛ばされた。

「かかれ！　捕縛(ほばく)する必要はない！　殺せ！」

『オオオオオオッ！』

聖騎士を守ったのはやはり聖騎士。それも、援軍の聖騎士だった。

そもそも、聖騎士が強いとはいえ僅か三十名で闇組織を一網打尽にしようなどとは思わない。この三十名は囮であり、援軍となる追加の三十名がいた。

まだ聖騎士は一人として倒れていない。

麻痺毒で動けない聖騎士はいるが、全員が生きている。

「麻痺の治癒を優先せよ。挟み撃ちで倒す」

指揮を執るのはアルタ大聖堂の所属する聖騎士である。魔神教の総本山から封印聖騎士団が訪れ、更にアルタ大聖堂の聖騎士団が協力することで可能となった囮作戦は大成功だった。

陽魔術による回復で麻痺から復活した聖騎士は、活気づいて闇組織の魔装士たちを攻撃する。容赦のない魔装攻撃により、闇組織の者たちは混乱した。

しかし、赤爪のボスは動じない。

「怯(ひる)むんじゃねぇ！　聖騎士と妖蓮花の連中を殺し尽くせ！　おらぁっ！」

「ぐあっ⁉」

灼熱の鉤爪で聖騎士の鎧(よろい)を溶かし斬る。焼き切ったので出血はないが、斬られた聖騎士は倒れてしまった。赤爪のボスはトドメとして鉤爪を左胸に突き刺す。

聖騎士は小さく呻き、息絶えた。

これで初めて、聖騎士側からの死者が出てしまった。

「殺せ殺せ！」

赤爪の魔装士たちは活気づく。

戦いは泥沼のような様相を見せ、本当の混戦状態へと移っていく。

シエルは議会堂の庭園を歩いていた。

青い髪、青い瞳、そして青と白のドレス。彼女の美しさもあって、注目する人は多い。しかし、シエルはそれらの視線を気に留めることなく歩き続ける。

庭園はシエルのお気に入りなのだ。

(嫌な感じね)

だが、今日のシエルは庭園を楽しむことができなかった。

その理由は、予感ともいうべき曖昧なもの。確信があったわけではない。

「今日は帰りましょう」

溜息を吐きながら踵(きびす)を返す。

だが、その判断は少し遅かった。彼女の知覚能力がハッキリと認識する。父の死を。

(……お父様)

シエルが魔装を与える時、それはランダムだ。正確には、与えられた側の適性や無意識に依存する。そして父フラクティスは、シエルが意図することなく自己犠牲の魔装を会得(えとく)した。その魔装により、父は死んだのである。シエルにはそれが理解できた。

怒りはない。

ただ、悲しみはある。

フラクティスが魔装を使うということは、相手がシエルにとっての障害になるということ。シエルは父が殺した相手を見るため、その場から消えた。

文字通り、消失した。

青い光の残滓(ざんし)だけを残して。

フラクティスが魔装を使った部屋。

そこではもう一人の人物が倒れていた。聖騎士セルスターである。だが、彼は生きていた。

「くっ……まさかこれほどとはね」

最期の魔装はセルスターに明確なダメージを与えていた。

だが、所詮はダメージ。死をもたらすほどの攻撃ではない。本来は即死であったはずの魔装をダメージにまで抑え込んだのである。

その理由は、フラクティスの魔装の仕組みにあった。

「寿命を犠牲に、相手一人の寿命を奪い取る魔装。そんなところかな？」

実際にくらったセルスターは、魔装の正確な能力を把握していた。フラクティスの魔装は確かに自滅と同時に相手一人を即死させる。だが、その効果は寿命を対価に寿命を奪い取るというもの。

問答無用で殺すといっても、仕組みが存在する。

「僕は特別な存在、覚醒魔装士。寿命の存在しない、人を超えた神に選ばれし者。多少の生命力は奪われたけど、すぐに魔力で回復できたよ」

寿命を犠牲にしたフラクティスは、全身が黒ずみ朽ちている。

本来ならばセルスターもこのようになるはずだった。しかし、寿命のないセルスターには通用しなかった。

彼は覚醒魔装士。

無限の寿命を得た不老の存在。寿命を削る攻撃は意味がない。

知らなかったこととはいえ、フラクティスの覚悟は無駄であった。

「旦那様！」

これだけの騒ぎを起こし、魔力を撒き散らせば使用人たちも駆けつけてくる。数人の使用人が扉を開いて室内に駆け込んだ。

そして三つの死体を見つけ、悲鳴を上げる。

「ひっ⁉」

「護衛のっ！　し、死んでる」

「旦那様……だんっ、旦那様⁉」

フラクティスの死体についてはおおよそ原型が残っていない。しかし、黒ずんだ死体が着ている服から自分たちの主人だと気付いたのだ。

そして部屋には平然と立つ聖騎士が一人。

この状況を作った人物と考えるのが妥当である。

「あ、あなたは『封印』の聖騎士様。なぜ旦那様にこのような仕打ちを！」

勇敢な使用人が尋ねる。

それに対してセルスターが答えようとした時、鈴のように美しい声がそれを遮る。

「あなたのせいでお父様は死んだのね？」

気配も魔力もない。

最強の聖騎士でさえ、感じることができない。

セルスターがバッと声の方向へ振り返ると、そこには少女がいた。青い髪と青い瞳の少女、シエルが。

シエルは黒くなって朽ちていくフラクティスの遺体を抱え、痛ましい表情を浮かべている。彼女にとって父とは唯一の親であり、愛する家族だ。

フラクティスは愛情を注ぎつつも、シエルの力を恐れていた。

シエルは怖がられていると知りつつも、父の愛を感じて、同じく父を愛していた。

青薔薇はシエルとフラクティスを繋ぐもの。フラクティスにとってはシエルを守り自由を与えるための組織だったが、シエルにとっては父との絆だった。

「もっと早く国を支配するべきだったわ。そうすれば、お父様も……」

目を伏せつつ、シエルは立ちあがる。

そして徐々に魔力を高め始めた。彼女の体を青い光が包む。今まで感じ取ることができなかった気配と魔力が急激に強くなり、セルスターもレイピアを構えた。

一方で使用人たちは怯え始める。

「お嬢様が……」

唯一、言葉を発した使用人も二言目を紡ぐことができない。

それほどまでにシエルから放たれる圧は強かった。

「君は……」

「私はシエル。シエル・フラムよ。お父様の仇(かたき)は取るわ」

名乗ると同時に、シエルの左肩から青い翅が生える。その翅は花びらのようであり、同時に炎のように揺れていた。全身から透き通る青のオーラを放出し、その内には莫大な魔力を秘めている。

最強の聖騎士であるセルスターをも超える魔力である。これにはセルスターも目を見開いた。

（そうか……）

そして彼は納得する。

この凄まじい魔力と、変化したシエルの姿。

まさにセルスターが探していたものだ。

「やはり君が『青の花』だったんだね」

「……？　何のことかしら？」

「君が知る必要はないよ。ただ、君は僕たちにとって因縁の敵。そして神敵であるということさ！」

セルスターはシエルにレイピアを突き出した。

―8、風の極大魔術―

シュウとアイリスは大放電(ディスチャージ)の発動準備を急ぎつつ、戦況を観察していた。火草の魔装士は全滅し、今は赤爪と妖蓮花と聖騎士団の戦いになっている。

数の上では聖騎士が有利であり、また彼らは積極的に攻めることがない。死傷者が一番少なかった。

一方で赤爪は個々が勝手に動いているのでまるで統制がないように見える。しかしそれは見かけ上の話でしかない。赤爪はボスが直々に出陣しているので、非常に士気が高い。苛烈(かれつ)で果敢な攻めだった。

そして妖蓮花は薬物を散布してヒット&アウェイを繰り返している。定期的に風の魔術や魔装で薬物は吹き飛ばされているが、その度に散布を繰り返していた。しかし薬物は量に限りがあるので、一番危ういのは妖蓮花だろう。

「聖騎士の連中……結界を張っているな。アイリスはあの結界を知っているか？」

「あれは数の多い魔物を逃さないために使う結界なのですよ！　結界範囲に応じて、複数人で発動するのです。私も使ったことがあるのですよ」

「なるほどな。となると、都合がいい」

「どうしてです？」

「大放電(ディスチャージ)は第八階梯魔術だ。広範囲高威力の極大魔術ってやつだな。だが、放電というだけあってエネルギーが拡散しやすい。それをあの結界が閉じ込めてくれるわけだ」

第八階梯魔術は天才が努力して初めて会得可能な極大魔術だ。その効果は属性によって異なるが、大抵が広範囲かつ高威力となっている。風の第八階梯は特に範囲が広い。

空中のとある地点の負電荷を高め、地面との電位差によって電流を走らせる。仕組みは落雷と似ているのだが、落雷よりも拡散性が高い。何故なら、暴れまわる電子が四方八方に飛び散るからだ。電位差の関係上、地面に向かう電気が多いというだけの話である。

結界は拡散を閉じ込めてくれるので、必然的に威力が上がるというわけだ。

「そろそろ発動だ。座標設定は間違えるなよ」

「わかっているのですよ！」

魔術詠唱も完了し、シュウの補助も加わっている。天才の領域である第八階梯魔術も失敗するとは思えない。シュウは大都市イルダナを落雷魔術で破壊したこともあるので、今回の魔術は寧ろ縮小版であるとすら言える。

「準備は良いか？　やれ！」

「風の第八階梯、大放電(ディスチャージ)なのです！」

アイリスとシュウの思念が魔力によって世界へと伝わり、世界を改変する。

闇組織と聖騎士がぶつかる場所で、白い光が瞬(またた)いた。

激しい閃光と共に不快な破裂音が連続して響き、その場にいた者たちの視界は真っ白に染まる。

風の第八階梯、大放電(ディスチャージ)が発動したのだ。

人間の体は頑丈だが、脆弱(ぜいじゃく)だ。

雷に耐え切れることもあれば、小さな電流で心臓が止まることもある。結局、当たり所の問題だ。

そして、この大放電(ディスチャージ)は周囲一帯に大電流を流すという魔術だ。範囲に入ってしまった人間は例外なく死ぬと言っても過言ではない。勿論、相応の防御があれば別だ。

「がっ……く、そ……」

赤爪のボスは無系統魔術の障壁でギリギリ耐えた。全身に火傷を負ったので重傷ではあるが、生き残ることはできた。しかし、もはや動ける体ではない。放っておいても死ぬ。

そして彼はよく耐えた方であり、殆どの者が雷に打たれて死んでいた。

大量の死体が転がり、肉の焼けた臭いが充満する。

「これは……なんてことだ……ぐっ」

咄嗟(とっさ)の障壁魔術で電流から身を守った聖騎士の一人も絶句する。彼は闇組織のメンバーを閉じ込める大結界を張っていた聖騎士の一人であり、その障壁のお蔭でダメージを抑え込めた。それでも結界を貫通して電撃をくらわせた大放電(ディスチャージ)は、やはり極大魔術と言われるだけの威力ということだ。

確かに、極大魔術を人が密集した場所に撃ち込めば、こういった結果になるのは当然のこと。

だが、それを許容できるかどうかは別の話だ。

「闇組織の連中を逃さないように結界を張ったことが仇になるなんて」

「……くっ」

「大人しくしてください。治癒します」

「中にいた仲間たちは……もう……くぅぅぅ」

そして大放電がこれほどの威力になったのは、五人の聖騎士で陽魔術の結界を張っていたことも要因となっている。結界によって電流が拡散せず、内部に反射したことで威力が増大してしまったのだ。反射しきれなかった分の雷撃が五人の聖騎士にも降りかかり、多少のダメージを負った。

だが、肉体的ダメージよりも精神的ダメージは更に大きい。

あまりの悔しさに涙を流す聖騎士もいる。

「それよりも早く治療を。まだ生きている者なら、助かるかもしれない！」

「ああ……皆、かかるぞ」

一人の聖騎士による声掛けに、他の四人も頷く。そして、まだ息のある聖騎士の側に近寄り、陽魔術で治療を始めた。

聖騎士の制服には金属の糸が編み込まれており、それによって防御力を増している。今回の場合、降り注いだ電撃が制服に編み込まれた金属を伝って地面に逃がされ、肉体にまで深く電撃が届かなかった者がいた。それでも大放電は強力であるため、強い魔力による無意識化の防御があってこそ生き残れたのだ。聖騎士たちはそうして生き残った仲間たちを治療し始める。

この五人は大結界を張れるほどの陽魔術師でもあるので、治療も容易い。

「団長は……まだなのか？　団長なら傷を封印して……」

「今頃は副長が迎えに行っているさ。それまでは私たちで繋がないと」

「ええ、そうですね」

尤も、身体が焦げるほどのダメージは重傷に違いない。陽魔術でも限界がある。あくまでもこの場を繋ぐ応急処置にしかならない。それでも五人は必死に治癒する。わき目も振らずに。

彼らも動揺していたのだ。

まだ大放電（ディスチャージ）の術者を倒したわけではないということを忘れていた。

―9、青の花―

聖騎士セルスターは、その莫大な魔力で肉体を強化しつつ突きを放った。それは、一般人には残像すら見えない神速の攻撃である。また魔装のレイピアは封印の力があるので、一撃でも効果的である。

だが、相対するシエルはレイピアの突きを青いオーラで受け止めた。

「こんなもの……？」

シエルがそう呟くと同時に、レイピアが先端から崩れ始める。そして青白い魔力光となりシエルへと吸い込まれた。

セルスターは驚いて引き下がるが、それでもレイピアの崩壊は止まらない。結局、魔装は完全に解かれてしまった。しかし、魔装そのものが使えなくなったわけではない。魔装を展開するために使っていた魔力が奪い取られただけなので、再展開すれば良いだけの話である。

再びレイピアを出現させ、セルスターは慎重になった。

「今のは魔力吸収かい？」

「そうよ。私の魔力に触れると、その魔力を侵食して奪えるの」

「魔力を集める力……か。やはり危険だね」

セルスターは一歩下がって左手を出す。そして無詠唱で魔術陣を展開した。

彼は優秀な戦士だが、魔術の腕もそれなりに高い。

「氷連柱（アイス・ピラー）」

水の第五階梯魔術によりシエルを捕まえようとする。氷連柱（アイス・ピラー）は敵を氷柱に閉じ込める魔術であり、捕縛に向いている。水属性は拘束系の魔術が多い。

シエルは一瞬で氷柱に閉じ込められた。

しかし、同じく一瞬で破壊して脱出する。

「その程度は効かないわ」

「確かにそのようだね。大人しく捕まってくれないかな？」

「……」

シエルの表情から色が失われた。

完全な無表情となり、強い魔力が発せられる。青いオーラが立ち上り、左肩の翅が一回り大きくなった。

「この世は理不尽なことばかり。私は十三歳から五年も不治の病に苦しんでいたわ。ようやく治ったと思ったら、私はこんな力を手に入れたの。でも、こんな力を持ったら普通ではいられない。お父様にも苦しみを強いてしまった。お父様は私を少し怖がっていたみたいだけど、私は愛していたわ。お父様が安心できるように、どんなことでもした。でも、あなたは私の最愛の父を殺した」

魔装とも、そうでない力とも分からない。シエルはこの力に悩んだ。そして父が自分の力のことで苦悩していることを知った。苦肉の策で青薔薇という闇組織まで立ち上げたほどだ。

シエルの願いは平穏と幸せ。

願っても努力しても手に入らず、壊され続けたものだ。

「アナタを、殺シて、奪っテ、私は全テヲ手ニ入レル……ノ、ヨ」

シエルの雰囲気が大きく変化した。

その内側からセルスターをも超える強大な魔力が放たれ、思わずセルスターは気圧された。駆け付けた使用人たちは、あまりの恐ろしさに気絶している。

そしてシエルは左手を差し向け、魔力を集中した。一点へと凝縮された莫大な魔力は、徐々に黒く染まっていく。圧縮された魔力は段々と暗い色になっていき、最後は漆黒となる。シエルは魔力を限界まで圧縮しようとしているのだ。

魔力の塊は小さくなり続け、やがて点となって見えなくなった。

セルスターへと差し向けられた左手の中心から黒い稲妻が閃いており、それが高密度魔力の存在を視覚的に示している。そうでなくとも、魔力感知を使えるセルスターには莫大な魔力が一点に集約されていることを理解していた。

シエルの左腕には濃密な青いオーラが集中しており、それが左肩の翅まで包み込んでいる。触れることすら許されないような、濃い魔力だ。

(あれは……触れられると不味いね)

最強の聖騎士ですら警戒する。

そして一歩、二歩と下がった。いつでも対応できるように、集中は切らさない。

逆にシエルは一歩、二歩と近づく。

「……」

「……」

互いに無言のまま、向かい合って距離を保つ。セルスターは後ろに、シエルは前に進む。どちらが有利かは一目瞭然だ。

そして空間の広さに制限がある以上、無限に後退できるわけではない。

セルスターは背中に壁を感じた。

同時に、意識を一瞬だけ背中に向けてしまう。

シエルはその隙を突いて、セルスターの視界から消えた。ただの身体強化術を使った高速移動である。だが、最強聖騎士たるセルスターの動体視力を上回る高速移動だ。

「っ!?」

セルスターが回避できたのは殆ど偶然だった。ただ、経験則による勘で左側に跳んだ。

空中で受け身を取る準備をしながら見ると、先程までセルスターがいた場所にシエルが立っている。そして強大なオーラを纏い、掌にゼロ次元にまで圧縮した魔力を保つ左手が振り抜かれていた。

直前にセルスターが背を付けた壁が、五本の傷跡によって抉（えぐ）られている。まるで綺麗にごっそりと消滅させられたかのようであり、傷跡の周りにはヒビもない。

事実、シエルの攻撃は消滅攻撃だった。

左手の五本指にそって、物体を消滅させる魔力物理攻撃である。

（速い。それにこれは防げない）

それを察したセルスターは、魔力の全てを身体強化術と魔装に注ぎ込む。この戦いに余計な防御や魔術は必要ない。回避力と攻撃力こそが重要だ。

二人は向かい合い、そして姿が消え、また別の場所で攻撃を放つ。シエルの攻撃は一撃必殺にも等しく、セルスターは避けるしかない。一方でセルスターの攻撃は魔力吸収で無効化され、まるで効かない。

しかし、戦い方が上手いのはセルスターの方だ。シエルは強力な能力こそ有しているが、戦い方を学んだわけではない。ただ能力が圧倒的なだけである。

つまり、互いに勝ち筋があるのだ。

「ふっ！」

小さく吐く息と共にシエルが左手を振るう。セルスターはそれをギリギリで回避し、聖騎士制服の端が消滅した。

次にセルスターはレイピアで床や壁を撫でる。

だが、特に何かが起こるわけではない。一見すると無駄な行動に見えた。シエルはその隙に攻め立て、セルスターは避ける。その間にも床や壁にレイピアを突き刺したり、レイピアで撫でたりしている。

「余裕ネ。真面目ニ戦ウ価値ナンテないト思ッテいるノカシら？」

「僕は本気だよ。侮っているわけじゃないさ」

「……ッ！」

シエルが覚えた感情は怒りではなく嫉妬。

彼女はいつも追われる側だった。病によって命を追われ、教会や国に追われ、今は最強の聖騎士に追われている。夢を追う暇もなく、望みを叶える隙もない。シエルはセルスターの余裕に嫉妬していたのだ。

何もかもが恨めしい。

他人の全てが羨ましい。

「コ、ノッ……！」

シエルは宙に浮き、左腕をセルスターに向ける。

そしてゼロ次元圧縮していた魔力を解放した。自らの放つ、青いオーラとして。魔力を自らの能力として放つだけの砲撃だ。しかし、その威力はあらゆる物質を吹き飛ばすほどの高威力。

蒼穹を思わせる純粋な青。

それがセルスターを包み込み、そして貫き、背後にあった壁すら破壊して屋敷の外にまで放出された。その威力は屋敷を大破させるほどのもの。人体を塵にして消し飛ばす程度の威力はある。

「これデ……」

煙が晴れると、そこには破壊の惨状が広がっていた。勿論、セルスターなど影も形もない。

綺麗に消し飛ばされ、肉や骨の欠片も残らなかったのだろう。

シエルはそう思った。

「終ワッ――」

「終わったと思った?」

トンッと背中から胸にかけて衝撃が走り、シエルは固まる。

少し視線を下げてみると、心臓部を細い刃が貫いていた。声も出せない。腕も上がらない。足も動かず、瞼を閉じることすらできない。

「教えてあげるよ。君が破壊した僕は幻影さ。僕が陰魔術で仕組んだ幻影。よくできているだろう?」

精巧などというレベルではなかった。質感、音、風、匂い……あらゆる感覚に絶妙に干渉し、本物を思わせた幻覚だったのだ。いや、言われるまで幻覚だと気付かなかった。

シエルの中で激情ともいえるほどの何かが消え去り、徐々に理性が戻っていく。まるで封印されてしまったかのように。

（マサ、か……この男が本当に得意としていた魔術は）

「おっと。僕が陰魔術を得意として、切り札にしていると思ったかい？　そうじゃないよ。僕の陰魔術は初心者程度さ。この程度の精度なら、五感を一つだけ誤魔化すだけでも大変だね」

セルスターは特に精神干渉系の陰魔術が得意というわけではない。

小さく干渉する初心者程度のものだ。

だが、魔装を利用して工夫すれば話は別である。

「僕の魔装は封印。その封印能力でこの部屋全体に少しずつ魔術を封じさせてもらったよ。この部屋全体が陰魔術の魔術儀式場になるよう、計算してね」

魔装のレイピアで床を突き刺したり、壁を傷つけていたのは無駄な行動ではない。魔装を通じて、部屋全体に魔術を仕込むためだった。小さな魔術でも、それを重ねれば強固となる。弱い幻覚も重ね掛けすれば充分な効果を望める。

そして魔力と青いオーラを砲撃として撃ち尽くしたシエルは無防備そのもの。

セルスターは背後から封印のレイピアを突き刺した。

本来の封印能力を全力で込めて。

「もう君は動けない。そして永久に封印させてもらうよ……『青の花』はもう使わせない」

魔力、筋肉、神経伝達、熱、その他あらゆるものを封じた。彼が実行できる最大級の封印であり、普通の人間ならば即死である。だが、シエルは死なない。

彼女は特別だ。

セルスターが言った通り、シエルには『青の花』という力がある。それがシエルを死なせない。

魔力や筋肉や神経を封じたところで死にはしない。

「やはり死なないか。まぁ仕方ないね」

セルスターは知っていた。この程度で殺すことができないからこそ、封印するのだと。

ともかく、教皇から直々に与えられた指令は無事に完了した。

(動けない……どう……して)

「さて、意識があるのは残酷な仕打ちだからね。それも封印してあげよう」

(わた……し……は)

意識という曖昧なものにも封印は通用する。

まるで眠るが如く、そして時が止まったが如く、シエルの意識は闇に溶けていく。

(絶対に……許さない。必ず私は……)

◆◆◆

シエルとの戦いが終わった最強聖騎士は、深呼吸して壁にもたれかかった。流石に疲れたらしく、
それが表情に現れている。
「お疲れ様でした団長」

「いいところに来てくれたね。それとも僕の戦いを見ていたのかな副長」

「はい。しっかり見学させて頂きました。報告に来たのですが、戦いの最中だったようで待っていたわけです」

「報告……？」

スタスタと淀みなく歩み寄る副長は、休むセルスターの前に辿り着く。

そして口を開いた。

「おびき寄せた闇組織は壊滅しました」

「ならば作戦成功だね。僕も彼らを迎えに――」

「ただし黒猫を除いて」

「――何？」

どういうことだ？　という意味の視線を受け、副長は順序立てて説明する。

「予定通り、火草、赤爪、妖蓮花を追い詰めていました。混戦模様を見せていましたが、私たちも防御陣を組んで慎重に戦いを進めていたつもりです。そして聖騎士五人による結界で逃亡も防ぎ、作戦は完璧でした。しかし、そこに大規模魔術を打ち込まれ、一撃で壊滅しました。恐らくは極大魔術だと思われます」

「なんだってっ⁉」

「黒猫の……『死神』にしてやられました」

「くっ……」

極大魔術は、魔術の天才が努力によって辿り着ける領域とされている。そもそも、普通の人間の魔力では極大魔術でもギリギリなのだ。極大魔術を扱えるほどの魔力量ならば、必ずと言って良いほど魔装を会得している。そして魔装士ならば魔術よりも魔装を極めることを優先するため、極大魔術を一人で発動するほどまで努力することはない。

そういった諸々の理由もあり、第八階梯……つまり極大魔術は一つの境地なのだ。

余程の事情がなければ、それを超える第九階梯以上は発動できない。

「申し訳ありません団長。私の読み違いです。『死神』の魔術能力は私の想定を上回りました」

「『死神』……いや、冥王は神呪級魔術で都市を滅ぼした可能性が高いんだったね。それを考慮し、遠距離から魔術で一掃される可能性を指摘するべきだったよ」

寧ろ、それは真っ先に考慮するべきだった。しかし、何故かセルスターはその発想に至れなかったのだ。いつも通り副長の集めた情報と作戦を元に、最適を導いたはずだった。

（いや……導かれた……？　この結果に？）

セルスターは違和感を覚える。

この程度の初歩的なミスはあり得ない。見逃すはずのないミスだった。

どこかで情報操作された、あるいは誘導されたとすら思える。

（だが、考えている暇はない！）

冥王によって闇組織だけでなく聖騎士団も壊滅したとすれば、ここで悠長に休憩している暇などない。慌てて副長に告げた。

「命令だ。君の魔装、空間転移で僕をすぐに送れ。そしてこの少女は教皇猊下の命令で封印した。君は僕を送った後、この少女を本国に輸送。そして闇組織・青薔薇の後始末も頼む」

「かしこまりました。全て任せてください。私のミスを取り返してみせます！」

「ああ。信頼しているよ」

副長の魔装は空間転移。

戦闘能力ではなく、ただの移動能力。しかし、その汎用性は非常に高い。こうしてアルタから作戦地である森まで一瞬で移動できるからこそ、セルスターはアルタに待機することになった。

聖騎士団は囮の三十名、援軍の三十名、そして最後に最強聖騎士たるセルスターによる三段構えで作戦を練っていた。それでもなお、この状況である。セルスターの心には焦りがあった。

「この少女を本国に送るのですね。それはお任せください。では転送します」

「ああ」

セルスターは冥王を倒すことだけを考え、その場から消えた。

―10、黒の契約―

セルスターが転移してすぐに見たのは、凄惨な焼け跡だった。大電流によって焼き尽くされ、焦げた死体が数えきれないほど転がっている。そして周囲の木々にも引火していた。

たった五人だけ残った動ける聖騎士たちは、瀕死の仲間たちを必死に治癒している。

「大丈夫かい！」

「団長！　申し訳ありません。その……」

「何も言わなくていい。君たちは治癒を続けてくれ。それよりもこの攻撃をした相手は？　冥王はどこだい？」

それを聞いてハッとする五人。

彼らは惨状を目の当たりにし、大放電（ディスチャージ）を放った敵の存在を忘れていた。あまりにも致命的な姿をさらしていることを思い出したのだ。

だが、もう遅い。

「『死（デス）』」

「がっ……」

不意に空から聞こえてきた声。

それがセルスターの耳に入ると同時に、力が抜ける感覚を覚えた。一気に魔力を奪われたようであり、思わず膝を突いてしまう。

「へぇ。一度で殺しきれないのは初めてだな」

「不意打ちなんて卑怯なのです」

「油断しているのが悪い。ちゃんと魔力に気を配っていたら気付けただろ」

「うわー、なのですよー」

確かにそうだ、とセルスターは思った。

どんな攻撃か知らないが、今の攻撃は気が抜けていたからこそ喰らってしまったのだ。大放電(ディスチャージ)を仕掛けてきた犯人に気を配り、注意していれば失態を犯すこともなかっただろう。

魔力喪失による虚脱感から回復したセルスターは、目を上げる。

すると、上空から二人の人物が降りて着地したところだった。

「君は……!」

セルスターにとって見覚えのある顔だった。

聖騎士団の中でも要注意人物としてマークしていたのだ。忘れるはずもない。

「『死神』……いや、冥王アークライト!」

自分の正体を言い当てられたからだろう。シュウは目を細めながら口を開く。

「なんだ。やっぱりバレてたのか」

「言って良いのですシュウさん?」

「誤魔化しても仕方ないだろ。それに、こいつらはここで殺す予定だ。報酬金一千万は魅力的だからな」

自分を殺す目的が報酬。

それを聞いたセルスターは、シュウが黒猫の暗殺者『死神』であることを確信する。そして、ここで倒さなければならない敵であることも。

「団長! 助太刀します」

「こいつが冥王！　ならば隣にいるのが魔女か！」

「ここで討伐だ。仲間の仇を取るぞ」

「人に害をなす邪悪め！　ここで倒してやる」

「魔法に気を付けろ。まずは陽魔術で身を守る！」

五人の聖騎士たちも、治療より冥王の方が優先だと考えたのだろう。すぐにセルスターの側に近寄り、魔装を出現させて構えた。

また、セルスターも立ち上がり、魔装のレイピアを出現させる。

そのことにシュウは警戒した。

（俺の死魔法はエネルギーを奪う魔法。セルスターの生命力と魔力を全て奪ったはずだが……なぜこいつは死なななかった？）

恐らく、覚醒しているという事実が関係しているのだろうとシュウは考えた。

しかし、魔装の覚醒がどのようなものかは詳しく知らない。なので、セルスターが死なない理由までは分からなかった。

「アイリス。ここからは俺がやる。お前は見ていろ」

「わかったのですよ」

アイリスはシュウの言葉に従って下がり、シュウは一歩だけ前に出る。

すると、それに応じたのかセルスターが一歩前に進み出た。

「僕は『封印』の聖騎士にしてSランク魔装士、セルスター・アルトレインだ。君を討伐する」

「冥王アークライトだ。お前を殺す」

他の五人はセルスターとの戦いで邪魔になる。シュウはそう考えて、即座に死魔法を使った。

「まずは邪魔を排除だ。『死(デス)』」

すると、声も出せぬまま五人の聖騎士が倒れた。魔装は砕け散り、そのままピクリとも動かなくなる。やはり、即死の魔法が効かないのはセルスターだけ。覚醒というのはそれだけ特別なのだ。

そして仲間の聖騎士が一瞬で殺されたと分かったのか、セルスターは冷静に怒りを発しつつレイピアを突き出してきた。

「はぁっ！」

「ちっ」

神速を思わせる突きをシュウは避けることができない。基本的にシュウは魔術師であり、近接戦闘は苦手なのだ。それに、セルスターが相手では加速魔術によるベクトル反転の魔術陣も破られてしまうだろう。

レイピアが左肩に突き刺さり、シュウは同時にもう一度だけ死魔法を使った。

「ぐ……!?」

再び力が抜けたのか、レイピアを突き出す力が一気に弱まる。その隙にシュウはセルスターの腹部を蹴り飛ばし、肩に突き刺さったレイピアを抜いた。

霊系魔物なので血は流れないし、痛みもない。

だが、妙な違和感が肩にあった。

「左肩が動かしにくいな……」

「気付いたようだね」

「っ!? まだ生きているか……」

二度もシュウの死魔法を喰らって、セルスターは生きていた。

その事実に驚愕する。

だが、そんなことは置いて、セルスターは立ちあがりレイピアを構え直した。

「そのレイピア。突き刺した場所を麻痺させる力でもあるのか？」

「麻痺……？ そうかい。身動き一つ取れないようにするつもりだったんだけど、少し違和感を感じる程度で済んでしまったみたいだね」

「なるほどな。攻撃を加えるほど相手は動きを鈍らせ、素早い突きが放てるレイピア使いのお前は加速度的に有利となる。厄介な力だ」

そう呟くシュウに対し、セルスターは再び神速の突きを放つことで返した。今度はシュウも動きを予測できていたのか、加速魔術と移動魔術を自分にかけて回避する。

すると、その回避に反応したセルスターは、レイピアを横薙ぎに振るって斬撃を飛ばした。これは魔力を飛ばす無系統魔術の一種であり、霊体化してもすり抜けることはできない。

「くそ……」

強い衝撃に吹き飛ばされ、シュウは地面に手をついてバク転しながら姿勢を戻した。そして目を戻すと、セルスターはシュウを無視してアイリスの方へと向かっていたのである。

「な……」

「まずは魔女を始末させてもらうよ。君がやったようにね！」

咄嗟のことで、シュウは頭の中が真っ白になる。

アイリスも基本は魔術で戦う後衛型なので、セルスターの攻撃を避けることができない。連続の突きが放たれ、アイリスは目を閉じた。

「させるかっ！」

シュウは加速魔術で瞬時にアイリスの前で躍り出た。そのまま加速でセルスターを突き飛ばしても良かったのだが、下手に攻撃するより自らが盾となった方が確実にアイリスを守れる。そういった考えから、シュウはアイリスを庇う立ち位置を取った。

本来、それは無意味なこと。不死身であるアイリスを守るのは非効率的である。

（まさか俺に人の心が残っているとはな）

自嘲と共に僅かな歓喜すらある。

人間性とはすなわち、シュウが真の意味で魔性でない証。それと同時に、人であるアイリスと共に歩むことを許されたということだ。人と魔は交わるべきではなく、敵対することを運命づけられているのだから。

セルスターもアイリスを庇うように現れたシュウには驚いたが、冷静にレイピアを振るう。シュウの体に幾つもの穴が空いた。

「シュウさん！」

目を開き、現実を目の当たりにしたアイリスは驚愕する。

自分は不老不死なのだ。あらゆる傷は致命傷となり得ず、老いることもない。わざわざシュウが庇わずとも、死ぬことはなかった。

（この人にとって、私は飾りでも役割を果たすための人形でもなかった）

愛されるとは興味を抱かれることである。

たとえ憎悪と呼ばれる感情であっても、それを抱く限り人は他者に興味を抱いている。人を守る愛も、人を殺す憎悪も、対等な立場を認識して人と人の間に起こる。

シュウが無意味な行為と理解しつつアイリスを守った。

それがどういう意味か分からないほど鈍くはない。

ただ、今は感傷に浸るべき時ではない。戦いはまだ続いている。

「俺は大丈夫だ」

シュウはそう言いつつ、加速魔術でセルスターを吹き飛ばそうとする。死魔法は効かないので、魔術を選択したのだ。思考力によって魔術陣が描かれ、セルスターの目の前で光る。

それを見てセルスターは酷く驚いた。そして慌てて避ける。

「馬鹿な！　なぜ魔術が使える⁉　魔力は使えないはずだ！」

「魔力が使えないだと……？」

セルスターは動揺していた。そしてシュウは首を傾げた。

魔力が使えないと主張するセルスターが正しいならば、シュウは魔術を使えないはずだった。しかし事実として加速魔術は使えた。

（魔力に効果を及ぼす魔物特化の能力なのか？）

その考察が正しいとすれば、シュウが体を動かし辛くなった理由も説明できる。魔物の肉体は魔力によって構成されている。そのため、魔力に効果を及ぼす攻撃によって麻痺に近い効力を期待できる。

だが、ここで問題となるのは今の攻撃がシュウに効果を及ぼさなかったという点だ。

仮に魔力に対して干渉するとすれば、何かの結果が現れているはず。セルスターは『魔力は使えないはずだ』と叫び驚いていたので、魔力の使用を抑制する攻撃だったと推測できる。

しかしシュウの体に不調はなく、魔術も問題なく使える。

「アイリス、下がれ」

「でもシュウさん」

「お前の攻撃では無理だ。奴に魔術は当たらない。俺の魔術構築速度でも避けられた。しかもあの距離でな。だから死魔力を使う」

死魔法が効かないことは実証済みだ。

そして魔術も避けられる。

残るシュウの力は死魔力だけだ。死という概念が凝縮した魔力であり、触れたものを塵すら残さず消滅させる。いや、殺し尽くす。

シュウは覚醒した自身の魔力を使おうとした。

（……何？）

だが使えなかった。

魔力が溢れ出るが、そこに死の概念がない。いや、自分自身の奥深くへと目を向ければ死の概念が宿っているのは分かる。しかし、そこに複雑怪奇な鍵をかけられているように思えた。

まさに封印。

『封印』の聖騎士だ。

そこまで考えたところで、シュウの中でピースが嵌った感覚がした。対象を麻痺させると思っていた力、シュウの魔力を阻害する力、アルタで見た認識阻害、そして彼が『封印』の聖騎士と呼ばれる所以……。

「封印……封印か！」

「気付いたようだね。効いていないのかと思ったけど、どうやら僕は君の魔法を封じることに成功したようだ。これで君も『王』の力は使えない。ただの魔力が多い魔物さ。いや、流石は『王』だと褒めてやろう。僕の力をこれほどまで受けて戦えるなんてね」

セルスターも自分の力が通用していたと気付いたのか、得意気だった。本来、聖騎士は魔物を褒めるなど有り得ない。しかし、それをしてしまうほどに興奮していた。

そして冥王は多くの同胞を虐殺した相手。

今のセルスターは、どこまでも残酷になれた。

「自分に対する認識を封印すれば、周囲から知覚されなくなる。突き刺した対象の筋肉を封印すれば、動けなくなる。魔力を封印すれば、魔装も魔術も使えなくなる。君の持つものを順番に封印してあげよう。君の手札は君の持つ希望の数だ。僕は一つずつ潰し、一つずつ絶望に変えてみせる」

全ては封印という力の魔装で引き起こされたものだ。あらゆる事象を封印という概念によって使用不能にする。

概念を操る『王』の魔法と同じく、覚醒魔装士も概念の一種へと至る。より正確には、概念にすら至り得る。あくまでも覚醒という現象は、成長の上限が消え去る限界突破のようなものだ。魔力、気力、技量、そして精神力のあらゆる面で限界を超える現象こそが覚醒である。ただ、人間の肉体には限界が存在する。つまり覚醒するのは魔力そのものだ。思念を伝える魔力が覚醒することで、人としての枷(かせ)が外れる。

魔装を磨き続ければ、概念にすら到達する。

新しい法則として魔装を操れる。

それが聖騎士セルスターの使う封印の魔装だった。

「シュウさん！　どうしたのです？」

「……非常に良くない事態だな。俺の『死(デス)』が封じられた」

「それって解除できないのです？」

「できるが、すぐには無理だ」

よくよく自分自身の魔力へと目を向ければ、死の概念が封印を少しずつ殺しているのが分かる。

今日中には魔法の力を取り戻すだろう。

だが、あくまでもシュウの内に秘められた死の概念が、自動的に封印を破っているに過ぎない。シュウの意志は届かず、自らの力で魔力を引き出すことはできないだろう。

そしてシュウは接近戦が苦手だ。

大抵の敵は魔術や魔法で始末してきたので、鍛えてこなかった。

「シュウさん、私が前に出ます。少しは剣の心得もあるのです。シュウさんが錬成で剣を作ってくれるなら……」

「無駄だ。それはお前も分かっているだろ」

「でも……」

「それよりも逃げる用意をしておけ」

アイリスは不安そうだ。

圧倒的な魔法の力で、シュウはアイリスを救い出した。しかし、神聖グリニアが誇る最強クラスの聖騎士を前に不利を強いられ、力を奪われてしまった。逃げるしか道は残されていない。

いや、逃げることすら難しい。

現に、セルスターはシュウとアイリスを逃がすつもりなど毛頭なかった。

「逃がさないよ。少しでも逃げる素振りを見せるなら、一撃で殺してやるさ。魔物を一撃で殺す、僕の最大奥義でね」

「何をするつもりだ？」

「表情一つ変えないのかい？　余裕だね。その余裕に免じて教えてあげてもいいよ？」

勝利を確信したのか、セルスターこそ余裕だ。

本来、聖騎士は魔物と会話することなく瞬時に葬(ほうむ)り去ることが推奨されている。ただ、そもそも魔物に会話できるほどの知能はない。それであってないような不文律だった。

セルスターも興味本位で会話する。

シュウの語る言葉を聞くつもりはないが、言葉によって魔物を追い込むことに愉しさを感じていた。魔装によって痛めつけ、言葉で追い詰める。相手は人間でないという事実が免罪符となり、聖騎士はどこまでも残酷になる。

「是非とも教えて欲しいものだな」

しかし、シュウは心を静かにしていた。

命の危機を感じたのは初めてではない。この程度で心が折れることも、乱れることもない。淡々と情報を集めるだけである。まだ弱かった頃も、そうして冷静に勝ち残ってきた。

折角セルスターが自らの能力を明かしてくれるというのだ。

聞いて損はない。

案の定、セルスターはレイピアを構えつつ話し出した。

「この一撃は精神を封印する。人間に対しては、意識を失わせる攻撃に過ぎないんだけど、魔物に使うと効果が変わるのさ」

「精神を封印……だと？」

「そうさ。精神と肉体の繋がりを断ち切ってしまう。これがどういう意味か分かるかな？」

シュウはすぐに理解した。

魔物は魔力によって肉体を維持しているが、そもそも魔力は思念を伝達するエネルギーに過ぎない。魔力そのものに結合力や質量は存在しない。つまり、魔物の肉体は思念によって維持されてる。それが断ち切られたとすると、どうなるかは予想が付く。

「俺の精神と魔力が切り離される。つまり魔物としては消滅するということか」

「理解が早いね。魔物にとっては即死技というわけだよ。相手が人間なら、肉体が残るからね。死ぬことはないのさ」

魔物にとっての即死技というのは間違いではなかった。

シュウも『王』として覚醒した魔物だが、その構造は通常の魔物と変わらない。精神によって魔力の体を維持しているだけだ。魔力を操るための精神が切り離された場合、魔力は自然界に霧散する。そして残った精神がどうなるのかは不明だ。

精神だけで生き残る可能性もなくない。

シュウも精神の構造など知らないし、精神だけで存在できる可能性もある。だが、生き残る可能性に賭けることもできない。今ここでシュウがいなくなれば、間違いなくアイリスは殺されるのだ。

（諦めるつもりはないが……どうする）

シュウは考える。

死魔法が使えないということは、斬空領域（ディバイダー・ライン）も使えないということである。死魔法で敵体内の魔力干渉を消しつつ、分解魔術を実行する魔術だ。死魔法が使えないなら、斬空領域（ディバイダー・ライン）も使えないのは当然である。

覚醒魔装士セルスターの魔装なら、その魔力密度は凄まじい。下手に魔術を使おうとすれば、即座に魔術陣を叩き割られるだろう。

「滅びる用意はできたかな？」

セルスターは待たない。

彼も仲間を殺されたのだ。魔物や魔女に慈悲を与える理由などないだろう。後は踏み込み、手に持ったレイピアでとどめを刺すだけ。

シュウは左手でアイリスを後ろへと押しやり、自らの身を盾にする。

（く……死魔法が使えないだけでこのザマか）

まさか魔法すら封印されるとは思わない。

シュウは死ぬつもりも諦めるつもりもなかったが、対抗策もなかった。

セルスターは告げる。

「終わりだよ。死ね、冥王！」

神速を思わせる突き。

シュウはそれでも大量の魔力を込めてベクトル反転の魔術陣を十枚以上も重ね掛けする。しかし予想通りというべきか、抵抗虚しくセルスターの魔装はその全てを突き破った。

そして精神封印の一撃がシュウの胸に吸い込まれる。

（くっ！　何とかしろよ俺の魔力！　俺の願いを聞け……っ！）

——契約は為された。

——対価は魔力だ。


不思議な声が聞こえた気がした。

そしてシュウは、どこか懐かしい、真っ黒で巨大な花を幻視した。

アイリスはシュウが魔物即死の一撃を受けた瞬間を見ていた。

きっと大丈夫。

シュウならば問題ない。

そんな安心と信頼があった。

展開した十枚以上のベクトル反転魔術陣を破られたが、シュウは右手でレイピアを掴んで止めた。

「まだ終わるつもりはないな」

「何っ⁉　馬鹿な！」

驚く暇もなく、シュウの左肩から黒いオーラのようなものが立ち上る。それはすぐに形を成し、二枚の花びらのような翼となった。いや、寧ろ翅に近い。

更に左腕に漆黒に染まった魔力が集まる。超高密度の魔力は光すら完全に吸収し、黒く染まる。

その黒い魔力は円環となってシュウの左手首のあたりを高速循環していた。

「もっと驚かせてやるよ。魔力操作の究極を見せてやる」

シュウがそう告げた途端、右手で掴んでいたレイピアが朽ち始めた。黒い魔力が滲み出ており、アイリスにはそれが何かすぐに分かった。

「まさか……死魔力なのです？」

「そうだ」

「馬鹿な馬鹿な馬鹿な！　封印したはずだ！　まだ封印は解けないはずだ！　それにその姿は……！」

セルスターは動揺しながらも、反射的にレイピアを手放しつつ下がる。あくまでもレイピアは魔装であるため、手放したところで再構築できると考えたのだ。

しかし、死魔力に対してそれは愚策である。

死魔力は死の概念だ。

魔装すら殺す。

流石に完全消去はできないが、復活までにしばらく時間がかかるだろう。もうセルスターは魔装を生み出すことができないのだ。

それが更にセルスターの心を乱す。

「なぜだ！　どうしてなんだ！　何が起こっているんだ!?」

理解不能。

意味不明。

そして理不尽。

それらの思いがセルスターの思考を埋め尽くす。

シュウは混乱し取り乱す聖騎士に冷たい視線を向けつつ、告げた。

「コレは契約でな。完全な理性を保ったまま使うには魔力を消費し続けなきゃいけないらしい。悪いが、一瞬で終わらせてもらう」

左肩に生えた花びらのような翅を指差す。

セルスターには見覚えのある姿でもある。シエルが力を解放した姿、『青の花』そのものだった。

「まさか……まさかお前……『黒の花』だったのか⁉」

「これは『黒の花』というのか？　この状態になると、俺とは違う魔力が使えるみたいだが……その代わりに俺自身の魔力が消失している。契約の対価ってやつだな」

シュウが右手を伸ばすと、そこから死魔力が溢れ出た。

魔装も使えないセルスターは一歩下がる。

形勢は既に逆転していた。

そしてシュウは、冥土の土産とばかりに告げた。

「魔力操作は極めると、面白い現象が起こる。魔力を円環状に高密度で高速回転させると、その回転速度はいずれ光の速さを超える。つまり、時間を越える。回転する高密度魔力は未来の魔力を絡めとり、現在に持ち込むことができる。ま、この状態にならないと不可能な魔力操作技術だけど」

シュウが放つ死魔力は、未来の死魔力だ。つまり、封印が解けて使えるようになった頃の魔力である。魔力操作を極めることで、未来の魔力を前借りする。それが無系統魔術の究極系である。これを利用すれば、魔力量に関係なく、莫大な魔力を使った術式すら扱えるようになる。

あくまでも前借りなので、前借りした分の魔力を補充するまでは魔力が回復しなくなるというリスクもある。しかし、使いこなせば全く魔力がない状態でも戦える。

今のシュウのように。

「くっ！」

放たれた死魔力はセルスターを追い詰める。

セルスターも必死に避けるが、それもすぐに限界が訪れた。死魔力は渦を描くようにセルスターを取り囲み、逃げ場を奪う。

シュウは右手を伸ばし、ギュッと何かを握り潰すような動作をした。

「ま、待っ……」

「死ね、聖騎士」

Sランク聖騎士セルスター・アルトレインは死の概念に飲み込まれる。

そして死魔力が消えた時、そこには死体も残っていなかった。間違いなく、死んだ。覚醒魔装士から寿命を奪い取ることはできない。そのため死魔法は通用しなかった。しかし、概念ごと殺す死魔力ならば問題なく死を与えることができる。

これがその結果だった。

「これで終わりか」

シュウは右手を下ろし、左手首あたりで超光速循環させていた魔力も消す。

それを見たアイリスは恐る恐る声をかけた。

「あの、シュウさん……ですよね？」

「ああ」

左肩から生えていた二枚の黒い翅が消える。

花びらが散るように、あっさりと。

「契約も完了か。随分と魔力を取られたな」

「今の姿って、なんなのです？」

「さぁな、俺もよく分からん。ただ、魔力を対価にあの状態を使った。今はそれしか分からない」

一度契約したせいか、集中すれば自分の中に何かを感じ取れるようになった。

セルスターはそれを『黒の花』と呼んでいたが、シュウには心当たりがない。そして、なぜこの力が自分の中にあるのかも分からない。しかし、幻視した漆黒の花にどこか懐かしさを覚えていた。

まるでどこかで遭遇し、あるいは見たことがあるかのような懐かしさだ。

残念ながら、ハッキリとした記憶はなかったが。

（もっと力を得たら、神聖グリニアを調べるか。『黒の花』について調べるのも課題だな）

謎は深まるばかりだが、今回の戦いで痛感したことがある。

それは無力さだ。

最強種たる『王』の魔物に至ってもなお、Sランクの聖騎士には敵わなかった。正確には、アイリスを守り切れずに敗北しかけた。契約がなければ死んでいただろう。

(俺が勝てるだけではだめだ。アイリスを守るにはもっと力がいる)

死魔法や死魔力も強力だが、シュウは新たに魔力そのものについて可能性を見出した。まだ強くなれるということだ。そのためには時間が必要である。

溜めた魔力を有効に使うための、修行だ。

「アイリス。予定を繰り上げてさっさと大帝国領に行く。力をつけるなら、実力主義の大帝国の方が都合もいい。それに聖騎士の追跡からも逃げられる」

「わかったのです……」

「どうした？　不安そうな声を出して」

「シュウさん……私の前からいなくならないでくださいね」

アイリスはやはり不安だったのだ。

目の前で貫かれ、シュウが死んでしまったと思った。その時の不安や、押し潰されそうな絶望感は二度と味わいたくない。

「アイリス、俺は強くなる。お前を守れるほどにな」

「はいです！」

自信たっぷりのシュウを見て、アイリスも元気を取り戻した。

次に、シュウは周囲を見渡す。見れば、大放電(ディスチャージ)を生き延びた魔装士や聖騎士たちが幾らか倒れていた。このまま生かしておけば、シュウの力に関する情報が漏れるかもしれない。しっかりと口封じをしておく必要がある。

先程、未来への前借りで死魔力を使ってしまったので、回復のためにも死魔法を使うことにした。

「生き残りは……もう十人もいないか。『死』」

再び使えるようになった無慈悲なる魔法によって、辛うじて生き延びていた彼らは死に至る。そして、生命力は全てシュウに吸収された。だが、魔力は全く回復しなかった。先程、超光速魔力循環によって未来の死魔力を使った。そのため、使った死魔力分の魔力を辻褄合わせするまでは魔力が回復しないのだ。

(便利だが、多用はできないな)

シュウはそう考えつつ、周囲を見渡した。

電撃によって焼け焦げた死体が大量に転がっている光景は、少しばかり恐怖を覚える。

暫くすれば、大事件として知れ渡るだろう。

その前にシュウもアイリスもこの国から離れるつもりだが。

「こう見ると壮観ですねー」

「大量の死体が転がっているから、壮観って言葉が相応しいかは知らんがな」

アイリスも人の世を捨てる覚悟でシュウに従っている。今更、聖騎士やその他の人間が死体となって倒れていても、後悔はない。

この大量の死体がアイリスの使った大放電によって出来上がったことは理解している。それでも、アイリスにとって一番はシュウとなっていた。多少は気持ちも揺らぐが、自分を捨てた教会よりも拾ってくれたシュウを優先する。

(たとえ身を滅ぼすとしても、シュウさんと一緒に)

それが本音だった。

「戻るぞアイリス。荷物を持ったら大帝国側に行く」

「はいなのですー」

二人は森の中へと姿を消すのだった。

―11、仮面の奥と秘密―

誰もいなくなった毒飛竜(ワイバーン)の巣だった場所。

焼けた死体と死んだ毒飛竜(ワイバーン)、そして灰のように色を失くした草木や地面だけが周囲の景色となっている。まるで、この辺りだけの世界が終焉(しゅうえん)を迎えたようだった。

だが、そんな場所に突如として一人の人物が現れた。

「……これはこれは」

現れたのは聖騎士の正式装備を纏った男だった。白を基調とした目立つ服装であり、誰が見ても聖騎士だと分かる。

だが、その男は仲間の聖騎士の死体を見ても、何の感情もない表情をしていた。

「団長の死体はありませんか。恐ろしいですね、冥王アークライト。まさか覚醒魔装士を塵も残さず消滅させてしまうとは」

意外にも彼は冥王のしでかしたことを称賛していた。神聖グリニアの切り札とも言えるSランク聖騎士セルスター・アルトレインの死に対して、発狂する様子すらない。

この男は何かがおかしかった。

「これで封印聖騎士団は壊滅。そして副長の私だけが生き残った。予定通り過ぎて不気味ですが……まぁ、良しとしましょうか。そろそろ聖騎士団で遊ぶのも終わりですかね」

誰かが聞いていれば目玉を飛び出させて驚くことだろう。

この男はセルスターの腹心（ふくしん）であり、封印聖騎士団の副長だった。転移という破格の魔装を使い、あらゆる諜報作業を担い、団長であるセルスターを陰から支える功労者。彼を知る聖騎士は誰もが称賛を贈る男だったはずだ。

しかし、本性を見せた彼は違う。

自分が聖騎士団の副長であることすら、遊びでしかなかった。

「しかしあの魔術は危なかったですね」

焦げた死体を眺めつつ、副長は少しだけ紙一重の瞬間を思い出していた。

凄まじい雷撃が発生した、あの瞬間である。シュウが強化したアイリスによる風の第八階梯、大放電（ディスチャージ）。極大魔術と言われるだけはあり、その威力は恐ろしい。生身で耐えるのは不可能だ。

実は彼もその場にいて戦況を見守っていたのだが、大放電（ディスチャージ）の発動兆候を見て即座に逃げたのである。

（冥王アークライトの黒い力は警戒するべき……ですか。あれは恐らく冥王の切り札。それを引き出せただけ、覚醒魔装士の面目も守れたでしょう。団長が拘（こだわ）っていたシエルという少女の力にも似ていましたね……詳しく調べる必要がありそうです。どうやら教皇はシエルという少女を封印したかったようですから）

副長が見た黒い力。それは左肩から生えた二枚の黒い翅のことだ。

ラムザ王国王都滅亡の時は暴食黒晶（ベルゼ・マテリアル）で一撃だったので、冥王の魔術について分かっただけだった。

だが、今回は未知の力を引き出せた。

それは彼にとっても充分な成果だった。

同時に、興味を引く事実を知ることもできた。魔神教が敵視する魔物以外の存在、『青の花』と『黒の花』である。

「さて、面白い情報も獲得できましたから、この辺りで消えましょうか」

そう言った副長は纏っていた聖騎士制服を脱ぎ、折り畳んで持っていたバッグにしまう。そして代わりに地味な上着を取り出し、更に目元を隠す気味の悪い仮面を手に取った。

上着を纏って仮面をつけると、フードを被って服の皺を伸ばした。

（やはり、この姿の方が落ち着きますねー）

その姿は黒猫の情報屋、『鷹目』そのものだった。

裏社会すら裏から操り、情報を集めて売るにとどまらず、流れをも掌握する『鷹目』。封印聖騎士団の副長は仮の姿でしかなく、彼は初めから裏の人間だった。

転移の魔装で各地を飛び回り、どんな長距離でも誰よりも早く情報を手に入れる。そして情報操作のみで聖騎士団上層部を動かし、思い通りに教会を操る悪趣味な男。それが、彼の正体である。

(次は大帝国の軍にでも入って掻き回すのも面白そうです。確か冥王……いえ、『死神』さんも大帝国へと向かうと言っていましたし丁度いいですね。フフフフフ)

『鷹目』は周囲の死体を軽く確認した後、再び転移の魔装を使う。

彼がいなくなった後には虚しい風が吹き、物言わぬ亡骸(なきがら)を撫でるのだった。

全てを知った神聖グリニア首都にあるマギア大聖堂は驚きに包まれていた。正確には、大聖堂の奥にある司教たちの間が。

「馬鹿な！」

「あのアルトレインが死んだ⁉　冗談も大概にして欲しいものだ！」

「黙れ。冗談でそんなことを言うものか！」

「現実から逃避するのはよせ。全ては我らが冥王の力を見誤っていたことが原因なのだ」

司教たちは項垂れた。

封印の聖騎士セルスター・アルトレインは覚醒した魔装士であり、人外の領域へと足を踏み入れた人だったのだ。封印という魔装の能力も加味すれば、王の魔物でも勝てるはずだった。

ましてや、生まれたての王ならば尚更。

「覚醒の力すら通用しなかったのか？」

「そういうことだろう。過去視の神子によれば、恐ろしい力で一瞬にして敗北したという話だが」

神子の中には、未来視を行う神子、過去視を行う神子など、時代によっては複数存在する。今代においては未来視だけでなく過去視の神子も存在しており、その力で冥王アークライトとセルスターの戦いの結果を知ることができたのだ。

「覚醒とは世の法則から外れたということ。しかし、王の魔物もこの世の法則から外れた存在であることに変わりはない。敗北することも不思議ではないのだ。皆、一度冷静になりなさい」

ここで、意外にも教皇が司教たちを諭した。その冷静な口調に、司教たちも口を閉ざす。そして無駄な議論で騒ぎ立てようとしていたことを恥じた。

それを見た教皇は、状況を整理するためにもゆっくりと語り始める。

「皆も知っていると思うが、覚醒は魔装士の中で数百万人に一人とも言われておる。生まれ持って定められた成長限界を突き破り、無限の強さを獲得する権利を得た者。努力が真に意味を成す領域に達したものが覚醒魔装士だ」

魔装とは才能の力だ。

生まれつきで成長に限界が定められていることが分かっており、どれほど努力を重ねたとしても、その限界点で止まってしまう。魔力の成長も、魔装の出力強化もだ。

しかし、覚醒すればその限界は破壊される。

覚醒の段階で魔装は急激に成長し、魔力も恐ろしく増大する。そして、努力次第では更なる成長を可能とするのだ。

「何より、覚醒魔装士は魔力の自然回復が可能だ。我ら人間は食事によって力を補給し、体を休めて初めて魔力を回復できる。しかし、覚醒魔装士は何もせずとも無限に魔力を回復できる。故に生命力が尽きることもなく、無限の寿命を獲得できる」

これが覚醒魔装士の最も大きな利点だった。

魔力の無限回復。

通常は食事によってエネルギーを補給し、初めて回復が可能となる。エネルギー保存の法則は絶対だからだ。しかし、法則から外れた覚醒魔装士は、その理を無視して魔力を自然回復させることが出来てしまう。

その副作用として、湧き出た魔力が自動で生命力に変換され、不老の存在に至るのだ。

不死ではないが、決して老いることなく永遠の寿命を得ることができる。だからこそ、シュウの死魔法が通用しなかった。

永き寿命の中で、覚醒魔装を磨けば、魔の『王』を超える力すら手に入るとされている。

「セルスターは若すぎたのだ。確か、覚醒に至ったのは六年前だったな？」

「いや、実力は充分だ。現に『青の花』を封印している。Sランク聖騎士たる本懐を果たせるほどの力はあったはずだ」

「ならば冥王が強過ぎたということか？」

教皇の言葉を聞いたからだろう。

もはや慌てふためくような無様を晒（さら）す司教はいなかった。

つまり、こう言いたかったのだ。

自分たちが『王』の魔物を見誤り、セルスターを殺してしまったのだと。ここにいる司教たちは馬鹿ではない。教皇の言わんとしている言葉の意味をしっかり理解していた。

重い空気の中、更に教皇は続ける。

「かの『王』の魔物は災禍級（ディザスター）以上とされておる。だが、念を入れて破滅級（ルイン）であることを考慮するべきだった」

「しかし教皇様。災禍級（ディザスター）の定義は大都市を滅ぼせるほど。ラムザ王国王都が崩壊したということを受けて、そのように想定したのでは？」

「そういうことではないと言っているだろう？」

教皇は質問をしてきた司教を諭した。

「大都市を滅ぼせる災禍級（ディザスター）。それは冥王アークライトを測る最低限の指標でしかないのだ。それ以上でない保証はなかった。我らが甘かったのだよ」

「あ……」

そう言われて初めて気づいた。

自分たちは『王』の魔物という存在を知ってはいても、理解できていなかったのだと。理（ことわり）の外に存在するということが、どういう意味を持つのか正確に分かっていなかった。

故に司教は頭を下げて口を開く。

「早急にするべきなのは、冥王アークライトの力を測ること……神子たちの力を使い、必ず冥王という存在を理解してみせましょう」

「その通りだ。頼むぞ」

「それにセルスターが死んだ今、他の『花』を封印する手段を見つけなければならないでしょう。『花』は青以外にも六つ存在するわけですし」

「うむ。魔術を使った封印を完成させるべきだろう。魔装のように個の力に頼ったものは不安定だ」

後は細やかな調整を行い、会議を終える。

その結果、全世界に向けて新たなる『王』の魔物の存在が公表された。

冥王アークライト。

破滅(ルイン)級：軍隊では討伐不可能。

もはや数が通用しない領域であり、絶対強者であるSランク魔装士を複数名動員して討伐できるかどうかという強さ。この強さですら暫定でしかない。

覚醒魔装士を一人失った神聖グリニアは、西のスバロキア大帝国に備えて戦力の増強を始める。冥王への対策も重要だが、その脅威も放置はできないからだ。

冥王の誕生により、世界のバランスは崩れ始めていた。

――外伝、ナイトメア――

Meiousama Ga Tooru Nodesuyo

黒い靄が無限に広がる。

匂いもなく、音もないその世界の中にシュウは浮いていた。

(ここは？)

こんな場所に来た記憶もなければ、そもそもこの場所の知識もない。シュウは首を動かして自分の体を確認する。いつも通り、シュウ・アークライトの姿があった。

見渡せば、この靄だけの世界は上下左右どの方向にも広がっている。シュウは浮いている状態だ。確かに霊系魔物であるシュウは重力に逆らって浮遊することが可能だが、そもそもこの空間では重力すら感じない。完全な無重力だった。

(……こっちだな)

勘、ともいうべき知覚機能が何かを感じた。まるで呼ばれているかのようで、そしてすぐに向かわなければならないという感覚に支配される。

考える間もなく、シュウはそちらに向かって移動していた。

移動停止しようと、あるいは別方向へ移動しようとしても体の自由が利かない。シュウの意思に反して自動的に移動させられているようだった。

移動に応じて靄はシュウを避けていき、常にシュウの周りは空洞のようになっている。一方でシュウの思考は靄がかかり、鎖で縛られたかのように制限されていた。

『――、――――？』

(呼ばれている？)

シュウは何かの声を聴いた気がした。

それはどこか聞き覚えのある声であるような、初めて聞いたような声だった。ただし、その声が何を言っているのか理解できない。言語として認識できない。

実にもどかしい。

(何を言っている？　俺を呼んでいるのか？)

言語としては理解できなかったが、呼ばれているということは分かった。そして拒否もできず、ただ誘われるだけであるということも。

『――。――、――！』

呼び声は強くなり、靄も徐々に晴れていく。

いや、靄は晴れていくというより、シュウから離れていくといった方が近い。

そして遂に、声は届いた。

『――』

靄の先、そこには黒い花が咲いていた。

それは七枚の花弁を有する蓮の花のようだった。ただ、非常に大きい。上から眺めているために花だと認識できるが、下からなら見当もつかなかったかもしれない。

黒い花の特徴として、七枚ある花弁の内、五枚は透けている。

(あの花、どこかで見た気がする)

懐かしいような、どこかで見た覚えのあるような花だ。

普通に考えればあり得ない大きさであり、どこかで見たというのは考えられない。

ただ、シュウはこの花が自分を呼んだのだと直感的に理解していた。

（お前か？　俺を呼んだのは？）

だから問いかけた。

花に答えを期待して話しかけるなど常人のすることではない。しかし、シュウは黒い花は答えてくれると確信していた。

一瞬の静寂。

黒い靄がシュウへと集まる。そしてシュウの左肩に集まり、それが花弁を思わせる二枚の翅（はね）となった。

『契約者よ。喰らえ、喰らえ、喰らい尽くせ』

翅が生じたことが原因か、黒い花の言葉が理解できるようになった。

しかしそれは会話ではなく、一方的な呼びかけ、あるいは命令のように聞こえた。

『花を喰らえ。白、紫、赤、青、金の花を』

（どういうことだ？　お前の他にも色違いの花があるのか？）

『契約者よ。お前は緑を喰らった。残る五つの花を喰らえ』

（食べる？　食べるとどうなる？）

『それが宿命、それが運命。これこそ七災花（ヴルトゥーム）なり。黒の花の契約者よ。喰らえ。全ての花を喰らい尽くせ。生存の欲の契約者よ』

文句は言わせない。

そんな意思が伝わってきた。

再び黒い靄が周囲を覆い始める。今度は花を覆うだけでなく、シュウをも包み込んだ。

(なんだ？　意識が……)

瞼を閉じたつもりはない。

だが、自然と目の前が真っ暗になって、シュウの意識は途絶えた。

◆◆◆

景色が変わる。

薄暗い廊下はシュウにも見覚えがある。

(ここは病院？　俺が入院していた)

現代的な内装と、足元を照らす非常灯。それがよく知る病院のものだとすぐに分かった。

シュウは気配を感じて振り返る。

そして驚愕した。

「今は原因不明だけど、ちゃんと治療法は見つかるわ」

「あんまり期待してないよ」

目に映ったのは白衣に身を包んだ看護師、そして前世の自分だった。

この光景には見覚えがある。

（これは、俺の死ぬ前の……）

記憶として覚えているわけではない。

だが、このような事実があったという記録は確かに保有している。

「病室に戻りましょう。そこまでついていってあげるわ」

勿論、この会話にも覚えがある。

シュウは自分の中にある記録と照らし合わせた。

（俺の記録が正しいなら、この後は……）

「いや、別に一人でも……」

生前のシュウ、すなわち高光修は血を吐きだす。シュウが知っている通りなら、ここで修は肺が壊れ死に至るはずだ。修の患っていたデラクール・ハリス・ヴィトン病は不治の病。そしていつ死ぬかもわからない爆弾のようなもの。修の場合、それがこのタイミングで爆発した。

シュウが名も忘れてしまった看護師が、血を吐いた修に付き添って容態を確かめている。

「修君!?」

しかしどうにもならないと察したのだろう。

すぐに叫んだ。病院では、まして夜中は静かにという常識に沿ったルールを無視せざるを得ない状況。彼女は余程慌てているのだろう。

シュウにはそれが他人事のように思えてならなかった。

「杉山さん！　大竹さん！　田島さん！　近藤さん！」

同じ夜勤の看護師を呼ぶ姿も、血を吐いてぐったりしている修を見ても何も思わない。まるで夢心地だ。

シュウの記録ではここで意識がなくなり、この後のことは分からない。

だが、状況はまだ続く。

パタパタと廊下を走る複数の音が近づいてくる。

(それにしてもどうしてこんなものを……ん？)

服を真っ赤に染めて倒れている修に異変が起こった。修の体から黒い靄が噴き出したのだ。ドロドロの粘液が流れ出るように、ジワジワと。そして黒い靄は修の周りで渦を巻く。しかしその異変は看護師に見えていないらしく、それについて何の反応も示していない。

シュウの背中をすり抜けて四人の看護師がやってくる。

(分かっていたけど、俺のことも見えていないわけか)

看護師たちは倒れている修の容態を確かめ、宿直医と主治医に連絡する旨を話し合う。更に集中治療室に運び込むため、担架(たんか)を持ってくるなどの会話をしていた。

シュウはそれを眺めるだけである。

どういうわけか、対処しようという気も起きなかった。

(靄が集まっている。何が始まるんだ？)

廊下が暗いことを加味しても黒い靄は不自然なほど漂っている。これで看護師たちが気付かないということは、彼女たちには見えていないということである。

このままでは看護師たちにとって良くないことが起こるだろう。

シュウは漠然と、そう感じていた。

看護師の内の一人が電話で誰かと話し、一人が担架を持ってくるためどこかへと駆けていく。残った三人は修の呼吸や脈を調べつつ、呼びかけていた。

「呼吸が止まっているわ！」

「脈も弱くなっています」

徐々に死が近づいていることは分かる。

緊急で治療を施さなければならない事態であることは明白だった。

しかし、修はゆっくりと目を開く。意識を保つことすら困難であるはずのこの状況で目を覚まし、更に上半身を起こそうとしていた。何が起こったのか理解できない看護師たちは慌てて修の体を横たえさせようとするが、まるで壁でも押しているかのように動かなかった。

一方で黒い靄を目視できるシュウにはその原因とも呼べる光景を目にしていた。

（靄が……体を支えている。背中に大量の靄が集まっている）

粘液のように流動する靄は何かに引き寄せられ、修の背中に集まっている。特に、左側へ。

そして集まった靄は凝縮され、修の左肩に見覚えのある翅を形成した。

ここまでくると看護師たちにも見えたらしい。

驚愕の表情が感じ取れた。

しかし彼女たちは驚きの声を上げることはできなかった。

修を中心として強烈な衝撃波が放たれ、周囲の全てを吹き飛ばした。傍観するシュウを除き、看護師も廊下に並べてあった長椅子も吹き飛ばし、更には壁や天井に亀裂まで生じさせた。

「あ、ぁ……ぅ、あああ……」

どこか遠くを見つめつつ、修は立ちあがる。その目は虚ろで、何か別のものを眺めているようにすら感じられた。

靄はいつの間にかオーラとして修の体を覆っており、その姿は『黒の花』と契約したシュウそのもの。

（これは、なんだ？　俺はこんなもの知らない）

シュウの生前の記憶の続き。

それがこのような結末だったなんて知るはずもない。

「うあ、あああああああああああああ！」

修は虚ろな目のまま、叫び声をあげた。

それは病院全体を震わせ、体を覆うオーラが激しくうねる。そして病院は崩れ始めた。

シュウの意識もそこで途絶えた。

シュウは気が付くと、再び黒い靄の中にいた。
だが違いが二つある。

今度はいきなり目の前に巨大な黒の花がいた。そしてもう一つの違いは、隣に修もいたことである。

『契約者よ。ようやく肉体が適合したか』

何のことだと問いかけるほど、シュウは察しが悪くない。

つまり黒い花はシュウと契約したのだ。

(どんな契約かは知らんが……大方、身体に宿らせる代わりに力を貸すなんて感じか?)

その力の片鱗と思しきものを使ったシュウには分かる。

何となくだが、理解できていた。

(しかし花。一体なんだ?)

無意味と知りながら、思念を送ってみる。霊系魔物としての力、テレパシーだ。しかしながら黒の花には届かなかったらしく、相変わらず独り言のように一方的思念を送り続けていた。

『喰らえ。全ての花を喰らえ。そして実を結ぶのだ。それこそがヴルトゥームの悲願。花の幻想によって世界を沈めよ。厄災となれ』

(ヴルトゥーム? それが花の名前か?)

『喰らえ、喰らえ、喰らえ。白、紫、赤、青、緑、金のヴルトゥームを喰らえ。その身に厄災を宿せ。世界を幻想で壊し尽くすのだ』

(まるで話が通じないか)

だが、シュウはここで気付く。

自分の隣には生前の自身である修がいる。黒の花が話しかけているのは修であって、シュウではない可能性が高い。そこで首を動かすことなく視線だけを修に向けた。

修は相変わらず虚ろな目のままである。

そんな彼に黒の花が話しかけている光景は、会話というより洗脳にも見える。

『喰らえ。己の「欲」のままに。生存の欲を司(つかさど)る、この黒のヴルトゥームに従え』

黒い靄が濃くなっていく。

そして数秒と経たず、景色は暗転した。

(ここは……渋谷か)

ビルに取り付けられた巨大テレビ。

その特徴的な光景のお蔭で、シュウは自分のいる場所をすぐに察知した。交差点に佇むシュウを無数の人がすり抜け、また車がすり抜ける。

(何でまた日本に?)

誰も答えてくれない質問を投げかけてはみるが、シュウ自身も何となく答えを察していた。

(まぁ、黒の花のせいだよな)

黒の花の見せる幻覚だとすれば、辻褄(つじつま)は合う。

何となく、巨大テレビを見上げた。

そこにはニュースキャスターが焦りの混じった真剣な表情で報道をしている。その背後には炎と煙が立ち上る建物が映像で映されている。ヘリでの空撮を何度も繰返して流しているらしく、同じ映像が何度も流れる。

そしてそれほど何度も映像が流れていれば、シュウも気付いた。

映像にあるものが、修として入院していた病院であることに。

（……なるほどな。あの後の話ってわけか。リアル志向な夢だな。花も変なことをしてくれる）

これが本当に幻想なのか、それともシュウの知らない『あの後』のことを映し出した事実なのか。

それはまだ判断しかねる部分が多い。

（しかし俺の入院していた病院があんな惨状とは）

ニューステロップには死者数の他、重軽傷者の数が流れる。その数から被害の大きさは察することができた。更には原因不明、自衛隊の派遣など、不穏な文が次々と表示されている。

報道ではガス爆発ということになっているが、そうでないことをシュウは知っている。

（だが花の力を自衛隊で抑えられるのか？）

一度シュウは黒の花と契約し、魔力を対価にその力を行使した。

だからこそ分かる。

たとえ近代兵器でも花の力を止めるのは不可能だろうと。

そう結論付けた時、再び景色が変わった。

◆◆◆

次にシュウが見たのは空だった。

すぐに浮いているのだと悟り、確認のため地上へと目を向ける。そこは先程ニュースで報道していた病院その場所だった。勿論、報道されていた通り崩壊している。

崩壊の中心にいるのは花弁を思わせる黒い翅を生やした修である。シュウにあった翅は二枚だが、修には左肩から一枚だけであった。

(ただ、周りが血だらけなのは気になるな。一瞬、血だと気付かなかった)

瓦礫(がれき)の上で佇(たたず)む修の周りには、赤い液体が飛び散っている。それも池のように溜まっているため、一見しただけで血であるという発想が湧かない。

そしてもう一つシュウが気にしたのは、病院を囲むように配置されている自衛隊である。それも厳戒態勢(げんかいたいせい)であり、各員に装備まで与えられている。つまり、いつでも戦える状態だ。別の場所に目を向ければ、土嚢を積み上げて簡易拠点(かんいきょてん)まで作成している。

シュウもこの光景を見れば状況を察することは容易(たやす)い。

(なるほど。既に黒の花がひと暴れした後だったか)

広がる血溜まりの中には、引きちぎられた人体と思しきものも転がっている。あまり見ていて気持ちの良い光景でないことは確かだが、それがあったからこそ自衛隊も本気の装備を整えたということだろう。

（おそらく、初手は様子見か交渉のつもりで近づいたはず。だが、虐殺されたってところか。あれほどの流血沙汰だ。もう殺す気で来るだろうな）

周囲を見渡しても、報道ヘリは一機もない。

ここからは一般に見せられるものではないということを示していた。周辺道路も完全封鎖され、パパラッチ一人侵入できないように厳重な警戒態勢が敷かれている。

戦闘準備が進むまでは、まるで早回しの録画映像を見せられているようだった。

雲が流れ、太陽は西へと傾く。

赤い光が荒廃した病院跡に陰影を付けた。

戦闘準備は整う。

時は同期し、通常の流れへと戻る。それが戦いの始まりだと察することができた。

（動いた。まずは包囲か）

上から見ると軍隊の動きもよく分かる。本来は見えない敵のそれを予測し、裏をかくように味方を配置するのが軍師の役目だ。航空偵察機や人工衛星のお蔭で、近代戦争の読み合いは別次元のものになりつつある。それこそが戦争の醍醐味というものだ。

しかし、それは拮抗した力と力で戦う場合である。

圧倒的な個という力が敵に回った時、戦術や戦略などという陳腐なものは木っ端微塵に粉砕される。

シュウが死魔法と神呪級魔術で国家を粉砕したように。

（包囲戦の手際は素晴らしい。俺も初めて見たが、これが自衛隊の実力か）

航空写真を元にした経路設定がされていたのだろう。淀みなく瓦礫に身を隠した移動を続け、あっという間に距離を詰めている。それも一か所からではなく、北側を除き全方位からだ。タイミングも完璧と言わざるを得ない。

各部隊は距離十メートル以内に集まりいつでも射撃できるよう構えた。

ただし、撃つのは南側に配置されている部隊だけである。

全方位から一斉に射撃した場合、流れ弾が味方に当たりやすくなる。

警告もなく、銃声が響いた。

銃弾はコンクリートを破壊し、舞い上がった粒子が視界を曇らせる。銃声は隊員たちの扱う小火器の弾倉を使い尽くすまで止まることがなかった。

（その程度か）

覚醒し、『王』の魔物となったシュウには銃弾が脅威とは思えなかった。確かに銃弾の威力は脅威だ。しかしそれらは全て、魔力で防御さえすれば防げる程度でしかない。そもそも霊系魔物であるシュウならば、霊体化で物理攻撃は無効化できる。何も脅威ではない。

それは黒の花も同様だ。

視覚化できるほどにまで圧縮された魔力は、オーラという形で修を守っている。放たれた数百もの弾丸を全て受け止め、魔力だけですり潰していた。

魔力操作の究極系、無限圧縮である。

そして撃たれた黒い花は攻撃を察知した。反撃しない、などということはない。

微かな、本当に小さく儚い声。

「ぅぁ？」

土煙の晴れたその瞬間、シュウは黒い花に侵食された修が軽く左腕を振ったのを見た。それに伴って弾速すら超える魔力の塊が拡散する。

それらは一瞬で通過した。

瞬間にも、数秒にも思えた後、銃を構えていた隊員たちは破裂する。合計で百リットルを超えるであろう血液が、血溜まりを広げた。

（そうなるだろうな。魔力防御も碌にできない奴にあの圧縮魔力はそうなる）

魔力とは物質の一つであり、現象の一つであり、法則の一つだ。

通常、法則へと干渉するためには同じ法則で対抗しなければならない。たとえば電磁気の法則により、電撃は磁力を以て曲げることができる。そして重力は空間に作用するが故に、三次元空間に存在する物質は影響を受けることになる。

しかし魔力は思念によりあらゆる現象へと干渉する一方、他の法則から魔力へと干渉する手段がない。魔力が影響を受けるのは思念のみ。つまり思考する生命体の思い浮かべた幻想を魔力は実現してくれる。魔力によって思念を投影し、法則や事象を上書きするのが魔術だ。魔力による事象実現が上書きである以上、同じ上書きでなければ防ぐことはできない。

上書き強度や規模が足りなければその限りではないが、魔力を持たぬ者は魔力による攻撃を防ぐことができない。

「撤退！」

作戦失敗を即座に判断し、自衛隊は折角の包囲を崩して一斉に下がる。脱兎の如き敗走でないだけ、まだ理性的だ。

しかし暴走した黒の花は人間を逃さない。

普通の人間からすれば瞬間移動にも感じられる速度で動き、左手で逃げる人間を引き裂いた。それも一回で終わらない。次々と逃げる人間を殺している。その虐殺の様は生々しく、夕焼けで染まった赤よりも鮮烈な深紅を大地へと塗りたくった。

たとえ装備や瓦礫を盾にしようとも、関係ないとばかりに引き裂いている。

「空軍に要請！　爆撃だ！　絶対に生身で近づくな！」

人間一人に爆撃など、想定外だ。

しかし常識外れなその判断こそ、黒の花という厄災を滅ぼすのに必要である。

また、時が早回しになる。

その間にも虐殺は続き、自衛隊は撤退して拠点をはるか後方へと移した。人がいなくなったことで、黒の花も大人しくなった。つまり修はまた、崩壊し、血に染まった病院跡で佇む。

（また早回しか。それにこの音）

腹の底に響くような音。

空間に叩きつけられるようなその音は接近する戦闘機のものだった。最大加速状態なら音速すら突破するはずだが、目的地周辺に到達したことで速度を落としている。廃墟よりも酷い状態となった病院の上空を旋回していた。それも二機。

よく見ると、戦闘機の腹にミサイルがセットされている。

ここで時の流れが元に戻った。

（撃ってくるな。あれが元の俺の体だと思うと微妙な感じがする。ミサイルでも黒の花は潰せないのは分かっているけど）

旋回する二機の戦闘機は、目標である修に向かって降下する。そしてミサイルを二連射し、離脱した。二機の戦闘機から二連射ずつの合計四発が佇む修へと殺到する。

直撃とはいかなかったが、ミサイルの殺傷範囲に入っていることは間違いない。

四つの爆発が瓦礫の山を粉砕した。

とても人間に向ける威力でないことは明白である。しかし厄災に向ける威力としては弱すぎる。

その証拠に、土煙の内側から飛来した魔力弾が戦闘機を撃ち落とした。

（まるで台風や津波だな。人間に防げたり立ち向かえたりするモノじゃない）

今のシュウは災いそのものだ。

人は『王』の魔物という最大級の厄災に対し、何一つとして抗う術を持たない。

（しかし黒の花の目的もよく分からないな。恐らくは俺の元の体を乗っ取っている状態だと思うが……何がしたいんだ？　ただ迎撃するだけとは）

その疑問を浮かべた途端、シュウの意識は薄れた。

シュウの意識がまたハッキリしたのは、黒い靄に包まれたあの世界だった。

しかし今度は黒い花が見えない。

その代わり、シュウを囲むようにして六つのモニターが浮かんでいた。

（今度は何だ？）

すると疑問に答えるかの如く、正面のモニターにスーツ姿の男が映った。彼は玉座（ぎょくざ）に背を預け、肘掛け（ひじか）に肘を置き、頬杖（ほおづえ）をついている。何より特徴的なのは彼の左肩から白い花弁のような翅が生えている点だ。

モニターが彼から離れていく。

すると彼は白いピラミッドのような四角錐型建造物の頂上にいることが分かった。

更に驚くべきことに、この白いピラミッドは軍隊に囲まれている。戦車、ヘリコプター、戦闘機などの戦術兵器が多数。兵士の数も尋常ではない。とてもではないが、スーツ姿の男たった一人に向ける戦力ではない。

（あの男の翅。なるほど、白の花というわけか）

彼を囲む軍隊には、所々で星条旗が見える。つまり映像の場所はアメリカであり、白の花を討伐しようとしているのだ。

だが白の花は座したまま、右手を振り下ろす。

その動作に応じて白いピラミッド周囲に展開していた軍隊は全て潰れた。

白い花は何かを呟く。残念ながらモニターは映像だけで音はない。しかし、シュウには『身の程を知れ』と言っているように見えた。

（軍を一掃か。それでいて、余裕がある）

映像が止まり、モニターが時計回りに回転する。

次に映されたのは紫に染まった街である。いや、紫の光に包まれているというのが正しい表現だ。街の中心には、やはり紫の翅をもつ妙齢の女がいる。紫の花だ。

この紫の光に囚われた者たちは恍惚（こうこつ）とした表情を浮かべつつ、彼女の周りを彷徨う。逃れることのできない快楽に侵されている。

（武器も防具も関係なし。それに光のドームが爆弾すら防いでいる。ある意味で無敵だな）

圧倒的な武力は勿論だが、こうした洗脳に近い力も反則級と言える。

人々は瞳を紫に光らせ、ただ紫の花に傅（かしず）く。

彼らは天国にいるような気分だろう。ただ、その実態は地獄そのものだが。

また映像が止まり、モニターが回転する。

（次は赤か）

やせ細った少女が巨大ビル群の間を歩く。患者衣を纏った彼女の左肩には赤い翅があった。周囲の人々はコスプレだと勘違いし、よくできた翅だと思って首を傾げたり、スマホで写真を撮ったりと様々な反応を見せる。

そして彼女は期待に応えるかのように左手を天に掲げた。

赤い翅から濃いオーラが供給され、彼女の左手に集まって凝縮された。赤は深紅となり、やがて燃えるような紅蓮となる。

このような異常を見せられると人々も異変を感じた。

しかしもう遅い。

弱々しい少女の姿でしかない赤の花はそれを放った。紅蓮の塊は勢いよく天に昇り、摩天楼を超え、遥か上空で太陽の如く輝く。その瞬間、紅蓮は弾けた。都市全体へと弾けた紅蓮が降り注ぎ、ビル群を貫通してアスファルトの道路を抉る。ガラスの破片が飛び散り、車は横転し、直撃した人間は爆散する。

大都市は彼女の一撃で崩壊した。

まるで伝説にあるメギドの炎であった。

（二発目か。容赦ないな……それに、笑ってる）

左手を掲げる赤の花が、再び紅蓮を集めた。

その際モニターに映った彼女の横顔は、確かに笑っていた。破壊され、崩壊する街並みがとても嬉しいとった様子である。考察の余地なく狂っている。

彼女の狂気的な笑みで映像は止まり、回転して次の映像が映された。

先程とは打って変わって長閑（のどか）な平原である。

（牧場か？）

青々とした草がモニターのほとんどを占めており、花に侵された者の姿は見えない。映像が動き、草原から空になる。透き通る青のキャンバスに、同じ青の鳥が舞った。

まるで幸せの青い鳥である。

勿論、シュウは微塵にもそれが幸せを呼ぶとは思っていないが。

（また画面が切り替わった。牧場の……家の一つか？　庭に馬がいる）

画面は家の方へとズームアップされ、やがて窓の一つに辿り着く。その窓は大きく開け放たれており、部屋には大きなベッドがあった。ベッドには青年が横たわっており、羨望の眼差しで庭の馬を見つめている。そして自分の足を見比べ、溜息を吐いていた。

彼の右足は膝から下が切除されていた。

そんな彼の下に、青い鳥はやってくる。彼を慰めるかのように謳いつつ、窓辺に降り立った。青年は驚いて一瞬だけ笑顔を見せたが、やがて表情を暗くしてまた溜息を吐く。

一方で青い鳥はパタパタと翼を動かし、彼の右膝へと乗った。その瞬間、青い鳥は溶けて彼の足全体へと吸い込まれる
青年は慌てて足を触り、調子を確かめた。

すると驚くべきことが起こる。

失われていた彼の右足が生えた。それも一瞬で。

青年は驚き、何度も瞬きしてこれが現実であること確かめていた。自らの頬を抓るという実に古典的な手段で。

（別に翅が生えるわけでもなしか。彼は花ではないのか？）

映像が切り替わる。

青い鳥は同じ青の空を舞い、様々な人の元へと訪れた。青い鳥は幸せを呼ぶ。必ず不幸な人間の元へと訪れ、彼ら彼女らを癒した。

足を失った者に足を与え、貧困に苦しむ者に金を与え、恋人を失った者のために恋人を蘇らせ、力を望む者には圧倒的暴力を与えた。魔術を望む者は魔術までも授かった。

人々の羨望に応じたものを、青い鳥は与えた。

ならば青い鳥はどこからやって来たのか。

（青の花の仕業か。無作為に願いを叶える。ある意味で厄介だな）

それはどこか分からない場所。

ただ無数の青い鳥に囲まれた場所というだけわかる。青い鳥が密集するせいで場所は判明しないが、その中心には青い翅を生やした女が座っていた。首を左右に揺らしながらニコニコと微笑む彼女からは悪意のようなものを感じない。他の花と異なり、人間や都市に被害を与える様子もない。

しかし人間はやがて青の花に依存することになるだろう。

麻薬よりも厄介な毒だ。

青の花は自らの翅からオーラを分裂させ、青い鳥を生み出し続ける。青い鳥と戯れる彼女を映して映像は止まり、モニターは回転した。

（ここまでで白、紫、赤、青の四つ。黒も含めれば五つか。次は何色だ？）

ここにある六つのモニターは黒の花を除く全ての花の様子を見せるつもりなのだ。花の適合者たちが世界に何をしたのか、シュウに見せつけるつもりなのだ。

モニターは大海原を映す。

そして海の上に立つように、緑の翅を左肩に生やした男が宙を浮いていた。

(何をするつもりだ？　こんな何もない場所で)

モニターは緑の花を一周する形で全方位から見せる。その際に背後の景色にも注意を払ったが、全く陸が見えなかった。本当に何もない、大海原の真ん中というわけである。

緑の花は両手を大きく広げ、深呼吸をしている。

ただそれだけだ。

しかし海面は彼の深呼吸に合わせて波打ち、風も彼の呼吸と共に流れる。

彼を中心に海は渦巻き、まるで台風の目のようになる。

今、大自然は緑の花を中心に回っている。彼は踊るようにして海面を滑りながら移動し、その度に海を波立たせ、風を引き起こしていた。

(遊んでいる？)

シュウは何となく、そう感じた。

緑の花は一層激しく踊り、踊り狂い、そして止まる。左手を掲げ、指を鳴らした。

すると海面が大きく窪み、それが巨大な大波を生む。三百六十度全方位へと円形に広がるその巨大な波は、津波という言葉で表される災害となった。

彼はその場で回転しながら上昇し、津波の行く末を見守る。

遥か西。

そこにあった大きな島国が津波に襲われた。

（ここで終わりか。というか、あれ日本だよな）

緑の花が踊り、遊んでいた場所が太平洋だというのが最後の映像で理解できた。ただ、それが分かったところでどうにかなるわけではないが。

そして最後のモニターがシュウの前に移動する。

最後のモニターはまず、黄金の輝きを表示させた。黄金は立方体をなして宙に浮き、ゆっくりと回転している。黄金の立方体は真下に向かって管のようなものが伸びており、それは金の翅へと繋がっていた。すなわち金の花に。

金の花は幼い少年で、彼はベッドの中で丸まっていた。

（眠っている？）

少年の周りはあまりにも静寂だった。元から音は聞こえていないが、映像だけでも閑静な様子が伝わってくる。あまりにも穏やかで、温かく、柔らかい。

しかし美しき薔薇に棘があるように、金の花もその美しい一面しか見せていない。当たり前のように棘を備えていた。

画面がズームアウトされる。

金の花の本性は、その周囲に現れていた。眠る少年の周りは崩落した瓦礫ばかりだ。それが周囲十数キロに渡って続いている。つまり、金の花は大都市を崩壊させたのだ。

そしてモニターは角度を変える。廃墟の代わりに、空を映した。黄金の立方体を画面の端に捉えつつ、空の彼方を中心にする。シュウはその奥から何かが飛んでくるのを見つけた。

(鳥？　にしては速い。戦闘機？　だが一機だけで航行するとは思えない。あれは……ミサイルか)

その狙いは明らかだ。

廃墟となった都市の様子から見て、既に金の花と大規模な戦闘が起こった後なのだろう。そしてどこの国の軍隊かは不明だが、敗北したのだ。故に遠距離からミサイルで攻撃というわけである。

しかし、そのような兵器が超越的存在たる花に通用するはずもない。

黄金の立方体の中心が一瞬だけ、僅かに光った。

そこからレーザーのような細い光が放たれ、空を穿った。その途中にあったミサイルも瞬時に貫かれ、その場で大爆発を引き起こす。

黄金の立方体がある限り、ミサイルですら近づくことはできない。

(なるほど、自動迎撃)

都市の状態を鑑みると、他にも反撃の術があるのだろう。ただ攻撃を防ぐだけでこの惨状はあり得ない。シュウの予測への答えだと言わんばかりに、黄金の立方体は中心でまた光った。

そこに生成されたのは一際輝く黄金の塊。

(あれは……あの形はミサイル？)

紛れもなく、先に飛来したミサイルと同じ形である。ただ、黄金のオーラで構成されていることだけが違いと言える。

黄金ミサイルは立方体の中心から放たれ、先のミサイル軌道を逆走する形で飛んでいく。やがて空の彼方へと消え去り、シュウにも見えなくなった。画像を見せられているのかと錯覚する時が数秒流れる。

地平線の彼方が淡く黄昏の色に光った。

(直撃したか)

黄金ミサイルの標的は無事に消滅したようである。

(なるほど。この迎撃と追撃があればこの惨状も納得だ)

金の花は相変わらず眠るだけ。

惰眠を貪る少年を映し、モニターの映像は停止した。

合計で六つの映像を見せられた意味をシュウは知らない。だが、黒の花として暴走した修と同じく、世界中で花は猛威を振るっていた。人という種が滅びるのも時間の問題と思えるほど圧倒的だ。

モニターは回転する。

初めはゆっくりと、そして徐々に早く、やがて追い切れないほど高速に。

シュウはまた意識を失った。

「――説明は以上です」

気が付いた時、シュウは会議室のような場所にいた。部屋は全体的に暗い。しかしそれはスクリーンに映像を映し出しているからである。

スクリーンの隣にはスーツを完璧に着こなした男が立っており、彼の視線は会議室の椅子に座る三人の男女へと向けられていた。一人はジッとスクリーンを見つめる壮年(そうねん)の男、そしてその男の肩に寄り添って涙を流す女性。最後の一人はキュッと口を結んで何かに耐える女。この女はまだ少女から大人へと移り変わろうとしている年頃に見える。

そんな三人に向けてスーツの男が告げた。

「我々は世界の対応に準じて、黒の花の討伐を決定しました。機密上の理由で作戦内容と日程は明かせませんが、近い内にと申しておきます」

「大槻さん。それはつまり、私たちの息子を……」

「はい。殺す、と申しております。抗議は受け付けましょう。しかし一つ言っておきます。もはや会話で解決できるとは思わないでください。あれは災害です。先日の太平洋大津波を知っておられますか？　あれも緑の花による災害だったと判明しました。あれほどの災害を放置するわけにはいきません。防衛省としての義務を果たさなければなりません」

シュウもその会話を聞いて状況を察した。

（なるほどな。俺の……生前の俺を討伐することについて家族に説明していると。ということは、あれが俺の父、母、そして姉というわけか。名前は確か……風禅(ふうぜん)、香里(かおり)、彩芽(あやめ)だったたか）

残念ながらシュウは前世の家族の顔を覚えてはいない。ただ、父と母の他に姉という家族がいたことは知識として存在する。

「どうして……あの子ばかり不幸な目に……」

「お母さん」

覚悟を決めつつも納得のいかない様子の風禅とは対照的に、香里と彩芽は悲痛を露わにしていた。不治の病、デラクール・ハリス・ヴィトン病に侵され、病院から離れることのできなかった子が今度は討伐対象となってしまったのだ。

家族の目線で考えればこの反応も頷ける。

しかし世界はそれを許さない。

国家を蹂躙し、軍隊すら粉砕し、時には意図的に災害を引き起こす。そんな花という厄災は人類の敵として既に認定されてしまった。討伐という選択しかあり得ない。

スーツの男は言いにくそうだが、敢えて念を押す。

「……何度も申し上げますが、これは決定事項です。三時間前に閣僚会議で承認されました。もう覆されることはありません。幸いにもと言ってはなんですが、高光さんの息子さんが入院されていた病院は都市からも比較的離れていますし、地対地ミサイルによる攻撃も想定しています。遺体は残らないと覚悟してください」

「そんな!?」

「落ち着いてください奥さん」

「落ち着けるわけがないでしょう！」

興奮する香里を、風禅が止める。

「そもそもあれは何なのですか？　新しく分かったことはないのですか？」

「残念ながら報道された以上のことは分かっていません。また我々が花と呼ぶのも、唯一会話が可能な白の花が名乗ったからです。白の花は自らをヴルトゥームだと名乗りました。花の体を持つ架空の神性です。それで花を呼んでいますが、それ以上のことは分かっていません。花の攻撃についても未知のエネルギーであるということだけ分かって……つまり何も分かっていないということですね」

「本当に何も分かっていないのですか？」

「花、については何も。しかし花の共通点は分かっています」

「それは？」

「彼らは全員、デラクール・ハリス・ヴィトン病患者だったという点です」

これにはシュウも驚いた。

かつて修の父は、デラクール・ハリス・ヴィトン病を直すために怪しげな呪術師にまでお祓いを依頼したことがある。この共通点に整合性があるとすれば、確かにデラクール・ハリス・ヴィトン病は花の呪いだったというわけだ。

「しかし、それが分かったところで対処はできません。元々、あの病気も症例の少ないよく分かっていない病でしたから」

（だろうな）

花が呪いの類だとすれば、科学の力で対処できるものではない。どちらかと言えば、魔力で解決する問題である。

ともあれ、魔術を知らない者がそんな発想を得られるはずもない。だからこそ、近代兵器で滅するという手段を決定したのだ。

数秒の間、会議室を沈黙が支配する。

大槻も無言でパソコンを閉じ、部屋の明かりをつけた。

沈黙を破ったのは、意外にもこの中で一番若い彩芽だった。

「あの……修君の所に連れて行ってください。話してみたいんです」

「彩芽さんでしたね？　それは不可能だと思います。我々も言葉による呼びかけを試しましたが、結果は何度やっても失敗でした。正気を失っている状態だと結論付けております」

「でも、やっぱり家族の呼びかけなら……」

「もっと初期ならばその手段も考慮したことでしょう。しかし花は危険だと認められました。一般人であるあなた方を近づけることはできません」

大槻の言っていることは正論で、だが彩芽の言いたいことにも一理ある。

それに家族が危険なので殺しますと一方的に言われて、納得できる方がおかしい。

シュウはその続きを見守ろうとするが、すぐに意識が霞み、遠くなった。

気が付いた時、シュウに液体が降りかかった。勿論、それはシュウをすり抜けて地面に飛び散る。

その液体の色は赤で、咄嗟に血だと認識できた。

だが、それよりもシュウは目の前の衝撃的な光景から目が離せない。

（は？）

黒の花、つまり修が彩芽の腹を貫いていたのだ。背中から飛び出た修の左手から血が滴っている。

（どうなっている⁉）

流石のシュウも混乱し、周囲を確認する。

ここは何度も見た病院跡地から少し離れた場所だ。以前に俯瞰視点で確認していなければすぐには分からなかっただろう。

どちらにせよ、今の状況は意味不明としか言いようがなかった。

「お、さむ……君」

呼吸も難しいのだろう。

彩芽は掠れた声で、それでも弟に呼びかける。

どういった経緯でここに彩芽がいるのか、黒の花討伐作戦はどうなったのか、疑問は尽きない。

ただ、このままでは彩芽の命は尽きることだろう。周囲には助けに入る者もいないのだから。

（致命傷……急いで設備の整った場所で治療を受けないと死ぬ）

修の腕が傷を塞いでいるからか、出血は驚くほどではない。しかし、あの腕が引き抜かれた時、大量出血でショック死する可能性が高い。

虚ろな目の黒の花は、無感情に腕を引き抜いた。

大量の血液が飛び散り、黒の花に降りかかる。

「姉、貴？」

しかしショック療法とでも言うべきか。

修の左肩から黒い翅が消失する。そして虚ろだった目に生気が戻った。

（ん？）

シュウはいつの間にか黒い靄の空間にいた。

時を飛び越えたかのように唐突であり、一瞬だけ混乱する。しかしすぐに冷静さを取り戻した。

（ここは黒の花がいる世界か）

そう認識した瞬間、黒い靄の一部が晴れて黒の花が現れる。巨大な蓮の花を思わせるそれは、どういうわけかその中心に修がいた。下半身が花に埋まり、上半身だけが雌しべ（おしべ）のように飛び出ている。

何より今までと異なるのは、黒の花の周囲に無数の青白い球が浮かんでいることだ。

（あの球、魔力の光に似ているな）

シュウは何となく、あの光が魔力と似たものだと感じていた。

ふいに浮遊する青白い球の一つが黒の花へと吸い込まれる。それに続いて、他の球も次々と黒の花に吸収され始めた。

(何が起こっている？　魔力の吸収？　いや強奪か？　まるで死魔法だな)

そして黒の花は青白い球を吸収するたびに脈動する。いや、水を飲むときの喉の動きのようである。ただ青白い球を吸って黒の花は喜んでいるように見えた。少なくとも、シュウはそのように感じていた。

そんな中、黒の花の中心にいた修がピクリと指を動かす。

両手を虚空へと伸ばし、何かを探し求めるように呻いていた。

「ぁ……ぁ」

(見ていて痛ましいな)

あれがかつての自分なのだとすれば、痛ましさと同時に情けなさすら感じる。その間にも黒の花は青白い球をほとんど全て吸収していた。残るは数えるほどである。

一つ、また一つと吸い取り、脈動する。

そして最後の一つすら取り込もうとしていた。

「ぃ、ぁ……渡さない。それ、だけは！」

しかし、修は最後の一つとなった青白い球を両手で捕らえる。決して黒の花には渡さないとばかりに、胸に抱きしめた。

「これは、姉貴のだ。お前に喰わせるか……っ！」

『渡せ。契約者よ。魂は一欠けらも残さず渡せ。他のヴルトゥームを喰らうため、力を付けるのだ』

「断る」

『それが契約だ。お前の生存欲を叶える代償に、お前は魂を喰らい、ヴルトゥームを喰らわねばならない』

それでも修は決して青白い球を離そうとはしなかった。黒の花に強奪されないところを見ると、今のところ主導権は修にあるらしい。

遠くから眺めるだけのシュウも、何となく心の内で修を応援した。

『喰らえ、喰らえ、喰らえ』

「嫌だ」

『渡せ、渡せ、渡せ』

「……断る」

問答は続くが、修は絶対に魂を渡す気がない。

そして黒の花は絶対に魂を喰らおうとする。

（どうするつもりだ？　過去の俺は）

シュウは気になる。

自分は病院で血を吐き、そのまま死んだわけではなかった。ならばどうしてシュウ・アークライトは誕生したのか気になって仕方がない。

そしてどのようにして姉の魂を守り抜いたのかも。

（……待て、どうして俺は姉の魂を守り抜いたって思った？）

まるでこの先の結果が分かっているような感覚だった。一瞬だけだったが、それは確かな確信として心の奥底から溢れたモノだった。

だが考察している暇はない。

その間にも状況は動いた。

「契約。契約だ。すぐにでもヴルトゥーム？　を喰ってやる！　だから姉貴の魂だけは止めてくれ！　姉貴を生き返らせてくれ！　その魔法みたいな力ならできるだろ！」

『……契約を受諾』

修の持ち掛けた契約は黒の花にとって意味がないように思える。元から魂とヴルトゥームを喰らう契約だったならば、修の提案は無意味そのものだ。

しかし意外にも黒の花は契約を呑んだ。

（黒の花は思考能力がないのか？）

シュウには契約という言葉に反応しただけに見えた。考える意思はなく、ただ契約を持ち掛けられたが故に反応した。そうとしか思えない有様である。

『その魂を生き返らせよう。代償はヴルトゥームの即時捕食だ』

だからどういうわけか、契約は結ばれた。

シュウはまた時が飛んだと錯覚した。

気づけば、また元の場所に戻っていた。目の前には血みどろの彩芽を抱えた修がいた。もう左肩に黒い翅はない。虚ろだった目も、今はしっかりしている。

「必ず、生き返らせる」

修は力強く告げた。

もう辺りは暗い。そして夜よりも暗い色のオーラが修から滲み出た。黒いオーラは彩芽の遺体を包み込み、棺のようになって固定化される。

そして正気を保ったまま黒い翅を発現させた。

「こっちか」

月が昇る方角、すなわち東へと向く。

シュウには何のことか一瞬分からなかったが、すぐに理解した。

(花を見つけたか。索敵能力もあるのか？　それとも花の存在を感じ取れる？)

修と黒の花が交わした契約は花の即時捕食だ。つまり何としてでも花の一体を倒さなければならない。捕食がどういう行為を指すのかはシュウにも分からないが、少なくとも倒さなければ始まらない。

黒の花の力で飛翔する修は東の空へと消える。

シュウはそれを追いかけたいと願うだけで、その背後にぴったりと追随することができた。時間的制約からも空間的制約からも外れた、奇妙な感覚であるが気にしない。

（速い。花は多才だな。破壊、洗脳、飛行と何でもアリか）

おそらく花の契約者たちは何かを意識しているわけではない。ただ思うが儘だ。そして契約に従い、花は契約者の深層心理に沿った願いを叶えている。

たとえば黒の花は『生存欲』と言っていた。

（魔術よりも魔法に近い。願い通りに法則を歪めているみたいに見える。花とは何だ？）

花が力を使えば使うほど、シュウに疑問が募る。

その間にも黒の花は高速で飛翔し、あっという間に太平洋へと出た。海岸線は一瞬のうちに地平線の向こう側へと隠れ、黒の花が飛翔した後には衝撃波で海が割れる。それほどの速度ということだ。

目的である花はすぐ視界に入った。

（あれは緑の花。確か踊りながら津波を起こしていた奴か。予想はしていたが、やはりな）

相変わらず緑の花は海面スレスレの位置で浮遊しながら踊っている。黒の花の接近にも気付いているのだろうが、それでも呑気に踊っていた。黒の花たる修はそのまま奇襲を仕掛けるつもりなのだろう。速度を上げて突撃する。

だが互いの距離が僅かになった時、緑の花は鋭い視線を向けた。

そして彼の腰から緑色の鞭のようなものが飛び出て、修を弾き飛ばした。修の速度と鞭の速度により、その威力は凄まじいものとなっている。修は海面に叩きつけられ、隕石でも落下したかのような高い水飛沫が上がった。更にはそれが大波を引き起こし、津波となってまた世界に被害を与える。

（やられたか。どうするつもりだ？）

シュウは少し焦ったが、この程度でやられる花ではない。すぐに海中から脱出し、再び緑の花へと襲いかかった。嗜虐的な笑みを浮かべた緑の花は、腰から二本目の鞭を生やして迎撃する。それに対して修はタダ体当たりを繰り返すだけだ。どちらが有利か、考えるまでもない。

修は何度も弾き飛ばされ、それでも戦う。

花となってほぼ不死の耐久力を得たが、痛みは感じる。何度も叩きのめされて辛くないはずがない。

（姉を生き返らせたい……いや、殺してしまった罪滅ぼしのつもりか。だがどうする？　手が足りていないぞ。理性を得たことで黒の花の力をあまり使えていないのか？　緑の花はほぼ本能で動いているみたいだが……）

花にとって契約者とは力を振るうための器だ。つまり花が主導権を握っている方が強い。理性を得たまま力を振るうと弱くなるのは必然だった。

エネルギーが同等ならば、勝負を決めるのは技量。

修はまた海面に叩きつけられる。

（どうするつもりだ？　いや、ほんとに）

最早シュウですら本気で心配し始めている。

戦術的に勝利は不可能だ。これはもう確定的である。これを覆すためには、黒の花も決定的な何かを手に入れなければならない。

その時、海面が渦巻いた。

渦は徐々に大きくなる。

巨大な渦の中心から、先程よりも巨大な黒い翅を生やした修が現れた。

(……なるほどな)

シュウは特に修の左手首を見て納得した。

そこにあったのは漆黒のリングである。それも超光速で回転するリングだ。これはシュウも黒の花との契約で使った魔力操作術の一つ。未来から力を前借りするという反則級の術だ。

一体どれだけ先の未来から力を借りたのか。

今の黒の花は単独で世界を滅ぼせるのではないかと思うほど、エネルギーに満ちている。

「俺のために、死んでくれ」

そう告げて、修は左腕を上から下に振るった。

ただそれだけ。

たったのそれだけで海が割れる。それも海底が見えるほど深く。直撃を受けた緑の花は、抵抗もできず真っ二つとなる。そのまま緑の花は塵となって消滅してしまった。

(一撃……なんて威力だ)

水の粘性抵抗は意外と高い。仮に水中でライフル弾を発射しても、一メートルと進まず殺傷能力が失われてしまう。そんな水を海底まで引き裂く威力と思えば、どれだけ未来の力を先取りしたのか想像に難くない。十年や百年でも利かないかもしれないほどだ。

現代兵器の最高峰であるミサイルを以てしても傷一つ付けることができない花を一撃で殺害した。この事実だけでも修が前借りしたエネルギーの大きさを察することはできる
その一撃で散った緑の花だが、粒子化して修へと集まっていく。

左肩の黒い翅が二枚になった。

（なるほど。あの時俺の翅が二枚だったのはこういうわけか）

一つ疑問が解決した。

そしてもう一つ分かったことがある。

（それとあれが花を喰らうということか。自分以外の六つの花を喰らったとして、最終的に七枚の翅が生える……いや違うな。あれは花弁だ。全ての花を喰らったら、自分の背中に花が完成すると。黒の花が他のを喰えと命じるわけだ）

靄の世界で見た黒の花は、七枚の花弁を有していた。あれと同じになると考えて間違いない。シュウには何故か、その確信があった。

とはいえ考察している余裕もない。

修は空中でバランスを崩し、海に落ちそうになる。何とか浮遊を維持していたが、苦しそうだ。

「早く、契約を……エネルギーが足りない？　ふざけるな。俺はお前との約束を守った……分かっ

た。またエネルギーを持ってくればいいんだな？」

また修の左手首で黒いリングが回転する。光速を超えた回転をした時、それは未来の時間へと達する。そこからまた、エネルギーを先取りした。

長い時間、修は海面で浮遊し続けた。

一体どれほど未来の、どれだけのエネルギーを借りているのだろう。

シュウにも予想できない。

（それだけ死者の復活にはエネルギーが必要ということか？　魂があるわけだし、普通に体を構築すれば完了するような気も……）

死からの復活。それは神の如き奇跡だ。

確かにエネルギーが沢山必要なのだろう。

「く、はぁ……意識が……エネルギー不足？　今それを補っているだろ……前借りした分の反動か。それを先に言え」

フラフラになりながらも何とか浮遊を維持していたが、そろそろ限界らしい。修は前借りしたエネルギーの一部を使って、願いを具現化した。

「り、陸地よ出ろ！」

雑な願いである。

だが、その雑な願いは雑な形で世界に具現化してしまった。未来から徴収した花の絶大な力と、契約者である修が願った雑な願望。

陸地が欲しい。

その願望は確かに叶えられる。

太平洋に大陸を出現させるという、異常な形によって。

修はすぐにその大陸へと降り立った。

「はぁ、はぁ。まだエネルギーが足りないのか？」

息も絶え絶えだが、その様子を上空から見るシュウは別のところが気になっていた。太平洋に巨大大陸が出現したことで、そこにあった水は津波となり、全世界を襲い始めている。世界滅亡を見せられたシュウとしては、それを引き起こしたのが生前の自分ということもあり、微妙な気分だ。

（また……気が遠く……こんな時に）

しかし事の顛末までは見せてくれないらしい。

シュウの意識は暗転した。

最早何度目かも忘れた靄の空間。
咲き誇る黒の花の中心には、やはり修が埋まっている。ただ、黒の花は以前まで一枚を除き花弁が半透明だった。しかし今は二枚が実体化している。
『契約の履行を開始する』
黒の花は告げた。

『お前の願い通り、その魂を転生によって生き返らせる』

「……転生だと？」

『ヴルトゥームが喰らった魂は、永劫の消滅に至る。ヴルトゥームの力の一部となるのだ。だが契約により、お前の指定する魂だけは再び人として生き返らせてやろう』

「話が違う」

『何が違うというのだ。契約を履行する』

修はただ、その場で姉を生き返らせることを願っていた。だが、花にとって魂は魂であって、命ではない。同じ魂ならば転生しても同一と認識する。

（全く同一のリンゴの代わりに、同じ品種のリンゴを渡すと言っているわけだ。まるで言葉遊びだな。花にとっては同じ魂と）

花の感覚。

それは魂の捕食者としての感覚だ。

『エネルギーを未来から徴収したことで回復に三千六百二十三年と百十二日の時が必要。故に休眠状態へと移行する』

「おい」

『転生は覚醒予定の二十年前に実行。前後五年の誤差が予測される』

「俺はどうなる！　姉貴は！」

『休眠のため、強制的に果実を結ぶ。果実は魔性となり、世界を満たすだろう。やがて魔性はお前が転生する土壌となるのだ。お前とその魂は、時を超えて再び出会うことだろう。因果に干渉し、未来にその芽が出るよう土壌を整えている』

黒の花は花弁を一枚ずつ閉じていく。

『生存の欲を司る黒のヴルトゥームは果実を結ぶ』

中心に埋まる修は花弁に包まれ、見えなくなる。

『契約者よ。未来で喰らえ。全ての花を、全ての魂を』

その言葉と共に、黒の花は全ての花弁を閉じた。

同時に黒い靄が辺り一帯に深く漂い始め、シュウは完全に見失う。

（ちっ。今までみたいに意識が無くなるパターンかと思ったが）

意識が切り替わることはなく、ただ靄が濃くなっていくだけだ。シュウは慌てて黒の花を探して見失った方角へと移動するが、見つからない。その間にも靄は濃くなり、世界は黒に染まっていく。

やがて先を見通すことのできない漆黒（しっこく）の世界となった。

だが、世界は暗くとも何故か自分の体は見ることができる。単純に光がない世界とは違う不思議な空間だった。

これは良くないと対策を考えるシュウの目の前に六つのモニターが現れた。

（いつかを思い出すモニターだな。何が映されることやら）

そうは言いつつも、既に分かっている。映されるのは、喰われた緑以外の花に違いない。

シュウの予想は正しく、モニターには花の契約者たちが映された。ただし、以前と違って全てのモニターが一斉に動き出す。

黒を含む花の契約者たちは気を失って倒れていた。金の花だけは元から眠っていたので変わらずだが。

そして契約者の体が分解され始める。

粒子となった契約者の体は、再構築されて巨大な花を咲かせた。だが奇妙なことに白、紫、赤、青、金の花は花弁が一枚しかない。そして黒だけは二枚の花弁がある。

（何が起こっている？）

シュウが驚いている間にも映像は進む。花弁は散り、胚珠が膨らむ。そしてあっという間にそれぞれの花が冠する色の果実となった。ただ、その中で黒の花の果実は一回り大きい。やはり緑の花を喰らったことが原因だろう。

果実の重みで茎がしな垂れた。

何度か揺れた後、次々と果実が落ちる。

そして果実に地面に触れた瞬間、弾け飛んだ。また驚くべきことに、果実からは魔物が現れる。

白の果実からは光り輝く天使が。

紫の果実からは異形の姿に蝙蝠の翼をもつ悪魔が。

赤の果実からは空を舞う飛竜が。

青の果実からは蛇のように長い胴を持つ龍が。

金の果実からは大地を駆けまわる恐竜が。

黒の果実からは半透明の幽霊たちが。

シュウの知識にある魔物たちが一斉に現れた。

(魔物……あれが果実の正体か)

魔物を倒すには力がいる。

そして魔物は時に魔導という異能をも使う。

(それに花が青白い光になって散っていく。アレ、間違いなく魔力だよな)

世界に魔物が散っていく。

星を魔力が覆っていく。

そして花は輪廻(りんね)する。

(ここで意識が……最後まで見せろよ。気が利かない)

そんな悪態をつきながら、シュウの意識は――

◆◆◆

「夢か」

シュウは目を覚ました。

今は魔神教の影響領土から抜けるため西を目指す旅の途中、街や村を見つけることができず、二人は野宿で夜を過ごしていた。

(酷(ひど)い悪夢だったと言わざるを得ないな)

霊系魔物であるシュウは眠らない。眠ることはできるが、夢を見ることはない。

しかし今夜はどういうわけか、人間だった時のように鮮明な夢を見た。

首だけ動かして隣を見ると、アイリスはまだ寝ている。焚いていた火も消えかけていた。東の空が白んでいるため、もうすぐ朝となるはずだ。

（今から眠るのも時間の無駄だし、起きるか）

シュウは体を起こしてグッと体を伸ばす。

あんな夢を見たからか、どうにも人間らしい癖が出てしまった。

そしてまだ熟睡しているアイリスに目を向け、呟く。

「まさか、な？」

あとがき

一年近くお待たせしてしまいました。木口なんです。

このたびは『冥王様が通るのですよ！』の第二巻を手に取ってくださり、本当にありがとうございます。今回は『鷹目』という新キャラを通して渦巻く陰謀を上手く演出できたのではないかと思います。

大まかにはウェブ版から移植なのですが、追加キャラとしてシエルとその父フラクティスを登場させています。ウェブ版にはなかった追加ストーリーと設定を楽しんでいただけていたら幸いです。またはじめに言っておくと、ウェブ版と書籍版では世界線を変えています。本著に収録されているSSに物語の核心を突く描写もございますが、書籍版のオリジナル設定であることを言及しておきます。

話を戻しますと、シエルは失敗したシュウの姿です。狙われる立場となり、力をつけ、そして聖騎士と戦う。第一巻でのその流れを踏襲しています。またシエルが敗北した相手に勝利することで、より大きな力がなくてはならないと再確認していただく形です。

またこの巻でもGenyaky様がイラストを担当して下さいました。魅力的な数々のイラストを手掛けて下さり、ありがとうございます。こちらの細かい要望にもすぐに応えてくださり、満足のいくイラストを仕上げてくださいました。実はイラスト集に文章がついているのではないかと錯覚しそうになります。
とりあえずシエルが美人で好きです。セルスターも真面目キャラが読み取れますよね。『花』状態のシュウも格好いいです。アイリスもやはり可愛い。
書籍化して一番良かったと思えるのは、自分の文章に素晴らしいプロの方が絵を入れてくれたことでした。ありがとうございます。

それとここで告知ですが、『冥王様が通るのですよ！』がコミカライズされることになりました。本作品は派手な戦闘も多いので、漫画化するとどうなるのかとても楽しみですね。発売されたあかつきには、ぜひとも手に取ってください。

ＴＯブックスのスタッフの皆様、特に新しい担当の鈴木様には本当にお世話になりました。心から感謝を申し上げます。
最後にこの本を手に取って読んで下さった方にも心からの感謝を。

二〇二〇年八月　　木口なん

冥王様が通るのですよ！2

2020年9月1日　第1刷発行

著　者　木口なん

協　力　株式会社MARCOT

発行者　本田武市

発行所　TOブックス
〒150-0045
東京都渋谷区神泉町18-8　松濤ハイツ2F
TEL 03-6452-5766（編集）
0120-933-772（営業フリーダイヤル）
FAX 050-3156-0508
ホームページ　http://www.tobooks.jp
メール　info@tobooks.jp

印刷・製本　中央精版印刷株式会社

ISBN978-4-86699-028-6